柑橘ゆすら
Yusura Kankitsu
ill.
青乃下
Shimo Aono
2
史上最強の
魔法剣士、
Fランク冒険者に
転生する
剣聖と魔帝、2つの前世を持った男の英雄譚

クロエ・ダウエル
Bランク3位のダークエルフの冒険者。
通称【宵闇のクロエ】。
「どんな手品を使ったかは知らんが、ワタシはお前の実力を断じて認めん」
「いいこと。Fランクのゴミクズたち。アタシがアンタたちを鍛えてあげるわ！」
アイシャ・ブリランテ
Bランク10位の冒険者。通称【棘のアイシャ】。

リコ・グラネス
フィル・アーネット
「俺はごくごく普通の
Fランク冒険者なのだが……」
アイザワ・ユーリ
「魔帝の記憶」「剣聖の記憶」の
固有能力を持つ、史上最強のFランク冒険者。

「傷口修復《ヒール》」
そこで俺が使用したのは
聖属性魔法（初級）に位置する
傷口修復であった。
呪文を唱えた次の瞬間。
掌から放出された淡い光が
リコの腕を包み込んで、
ゆっくりと傷口を癒していく。

「か、回復魔法だと……!?」
「聖属性の魔法は、全魔法の中で最も希少と言われているのだぞ!」

よし。せっかくの機会だ。たまには俺も気持ち良く体を動かしてみようかな。
「とりゃっ！」
刹那、大地が震える。

ズガガッ！
ズガガアアアアアン！
「あっ。あっ。
あっ。あっ……」

CONTENTS

ダッシュエックス文庫

史上最強の魔法剣士、Fランク冒険者に転生する2

～剣聖と魔帝、2つの前世を持った男の英雄譚～

柑橘ゆすら

プロローグ

最強魔法剣士の日常

To tell the truth, F-rank magic swordsman is the strongest!

異世界に転生してから、どれくらい月日が流れただろうか。

俺こと、アイザワ・ユーリは、宿の近くの堤防の上に座り、ゆらゆらと揺れる海面を凝視していた。

今現在、俺が何をしているのかというと、冒険者ギルドで受託した『釣りクエスト』である。

冒険者の仕事は『モンスターの討伐《とうばつ》』が最も種類が多いようだが、中にはこの『釣りクエスト』のような変則的な仕事も存在しているのだ。


「おっ……？　掛かったか……？」


一瞬だが、海面に浮かんだウキが不自然な動きを見せたような気がする。

水よりも軽い材質で作られたウキが沈むということは、海面の下に魚が掛かっている可能性が高いのだ。

シュポンッ！

思い切って、竿《さお》を上げてみる。
と、一匹の魚が無事に針に掛かっていたようであった。

「おおー」

ニジウオ　等級Ｄ
（キラキラと光る虹色のウロコを持った魚。群れを作らず、単独で行動する習性がある）

期待通り。大物だ。
俺の釣ったニジウオという魚は、成長しても体長三十センチに満たない中型の魚である。
だが、群れを作らず単独で動くことの多いこの魚は、網《あみ》を使って取ることが難しいため、市場価値が高いことで知られているのだ。

本職の漁師だけでは、需要《じゅよう》を満たすだけのニジウオを確保するのが難しいらしく、ギルドに仕事が回ってきたというわけである。

「よう！　兄ちゃん。今日も精が出るね〜」

釣れた魚をバケツに入れたところで一人の男に声をかけられる。

バティスト・ローディアス
種族　ケットシー
性別　男
年齢　55

この、バティストという男は、ここ最近、俺に釣りの技能を手取り足取り教えてくれる気の良いオッチャンである。
バティスト曰《いわ》く。
昔は、それなりに名の知れた冒険者として知られていたらしいのだが、膝を悪くしてからというもの、釣りクエスト専門の冒険者として、余生を楽しんでいるのだとか。

「そうか。それじゃあ、ワシは反対側でやっているから。何かあったら、言ってくれよ」

「ああ。分かった」


のんびりと釣りを再開したところで、ふと思う。

これは最近になって思い出したことなのだが――。

前世の日本という国で暮らしていた頃の俺は、会社なる組織に酷使《こくし》されて、酷《ひど》く疲弊《ひへい》していた人生を送っていたらしい。

おそらく俺が『自由』を求めているのは、その辺の前世の経験が起因しているのだろう。


「おっ……？」


異変が起きたのは、そんなこと考えていた時であった。

ポチャリとウキが海の中に沈んで、竿先がビクビクと小刻みに動き始める。

「！」

この感じ、明らかにニジウオのものではないな。

正確に言うと、ほんの少し前までのニジウオと同じ引き方だったのだが、急に引きが変わったようだ。

「おおっと……！」

今までにないパワーだ。

このままでは間違いなく釣り糸を切られてしまうことになるだろう。

「付与魔法発動――《耐久力強化》」

そう考えた俺は、すかさず付与魔法を利用して釣り具の耐久性を底上げすることにした。

「おっ。どうしたんだ？　兄ちゃん。大物かい？」

「ああ。予想外の大物みたいだ」

「ははーん。おそらくそりゃ、『わらしべ釣り』に当たったな」

「……？　何だ、それ？」

「長いこと釣りをやっていると稀《まれ》に起きるんだよ。釣った魚に別の大きな魚が食いつくことがあるのさ。見たところ、かなりデカいぞ。こりゃ」


なるほど。そんなカラクリがあったのか。

やはり釣りは奥が深いな。

前世では戦いばかりの俺にとっては、なかなかに新鮮な経験である。


「兄ちゃん！　長期戦になると道具が壊れちまうぞ！　一気に引き上げるんだ！」

「了解した」


いくら付与魔法で強化しているとはいっても効果には限界がある。

オッチャンの言う通り、勝負が長引くと不利になるかもしれない。

そう考えた俺は普段、剣を振り上げるのと、同じような要領で一気に釣り竿を引き上げることにした。

ザバババアアアアアアアアアアアアアアアアアアアアアアアアアアアアアアアアアアアアアアア！

大きく水飛沫《みずしぶき》が上がり、巨大な魚体が浮かび上がる。

バーサクシャーク　等級C
（狂暴な肉食魚モンスター。餌《えさ》となる魚を求めて浅場を回遊することもある）

おおー。
こんな大物が近くに潜《ひそ》んでいたんだな。
そのサイズは、優に三メートルを超えているだろう。
大きな口からキバを覗《のぞ》かせるバーサクシャークは、迫力満点な外見をしていた。

「ひっ！　ひいっ！　化物だ！」

んん？　このオッチャンは一体何を言っているのだろうか。

化物なんてどこにいるんだ？

ここにいるのは俺と、俺が釣った獲物だけだと思うんだけどな。

手にした竿《さお》を地面に置いて、腰に差した剣に持ち変える。


「とりゃ！」


強化した糸によって体を釣られたバーサクシャークは、大きく口を開けて、俺の方に突進してくる。

水中での戦いなら、流石《さすが》に相手に分があったかもしれないが、空中に引っ張り上げてしまえば、こちらのものだ。

ザシュッ！

ズシャアアアアアアアアアアアアァァァッ！

俺は手にした剣で、バーサクシャークの体を引き裂くことにした。

さて。

コイツで血抜きの作業は十分かな。

体を引き裂かれたバーサクシャークは、海面にプカプカと浮かんで、透き通った海を赤く染めていた。

「んなっ！　なあああああああああ!?」

俺が大物を釣り上げたことによほど衝撃を受けたのだろうか。

近くで釣りをしていたオッチャンは、尻餅《しりもち》をついたまま、陸に上がった魚のようにパクパクと口を上下していた。

【スキル：釣り（初級）を獲得しました】

俺が新しいスキルを獲得したのは、バーサクシャークを釣り上げたのと、ほとんど同じタイミングであった。

おお。

釣りスキル、そういうのもあるのか。

戦闘に関係のない採取系のスキルを手に入れるのは初めてなので、なんだか余計に嬉しい気分である。

ふうむ。

それにしても、これだけの大物を釣り上げても、手に入ったのはようやく初級のスキルなのか。

今まで戦闘系のスキルを習得した時は、まとめて（初級）～（上級）までを手に入れることが多かったので厳しく感じてしまうな。

魔帝の記憶　等級　ＳＳＳ
（魔法スキルの習得速度一〇〇倍）
剣聖の記憶　等級　ＳＳＳ
（剣術スキルの習得速度一〇〇倍）

これまで俺がスキルを習得できていたのは、前世の記憶による部分が大きかったのだろう。
今回の一件を通じて俺は改めて、《剣聖の記憶》と《魔帝の記憶》の有り難さを思い知るのであった。

アイザワ・ユーリ

固有能力　魔帝の記憶　剣聖の記憶
スキル　剣術（超級）　火魔法（上級）　水魔法（上級）　風魔法（上級）　無属性魔法（中級）　付与魔法（上級）　テイミング（上級）　アナライズ　釣り（初級）

1話 パーティー結成

To tell the truth, F-rank magic swordsman is the strongest!

それから翌日のこと。
釣りクエストを終わらせた俺は、次の仕事を受けるために冒険者ギルドを目指すことにした。

「キュー！」

ひんやりとした冷たい感触が頰《ほお》を撫《な》でる。
今現在、俺の肩に乗っているのは、スライムのライムである。
ひょんなことから俺と旅を共にすることになったライムは、魔石を吸収することによって様々な能力を得た頼れる仲間であった。

「キュー！　キュー！」

心なしかライムの声には、不満の感情が混じっているようであった。

ふうむ。

そう言えば最近、釣れた魚しか与えていなかったな。

今日はライムに美味《おい》しい餌を与えるためにも、久しぶりに冒険に出てみることにするか。

「キュー！」

賛成、ということらしい。

そうか。お前も腹が減っているよな。

テイミング（上級）　等級Ｂ
（様々な魔物と心を通わすことのできるスキル）

俺が保有するテイミングというスキルには、魔物とコミュニケーションを取ることを可能にする効果があるようだ。

ライムの好物は、モンスターを倒した後にドロップする魔石である。
どうやらライムも今日は、ガッツリと討伐《とうばつ》クエストに出たいと考えているようだった。

～～～～～～～～～～～～～～

宿を出てから十分ほど歩くと、街の中心部に建てられた円形の建物が見えてくる。
大きな橋を渡った先にあるのが冒険者ギルドだ。
まだ朝だというのにギルドの中は出入りが激しい感じだった。

「すまない。仕事を探しているのだが」

適当に顔見知りの受付嬢を探して、声をかけてみる。

「ご無沙汰《ぶさた》しています。ユーリさん」

ティファニ・グライス

種族　ケットシー
性別　女
年齢　17

受付嬢のティファニは、頭から猫耳を生やしたケットシーの少女だった。


「本日はどのような仕事をお探しでしょうか？」

「討伐クエスト。それもできるだけ、たくさん戦えるやつがいいかな」

「でしたら、丁度《ちょうど》良い仕事がありますよ。これなんてどうでしょう？」

☆討伐系クエスト

●ゴブリンの討伐
必要ＱＲ《クエストランク》：Ｆ
成功条件：ゴブリンを十匹討伐すること。
成功報酬《ほうしゅう》：二〇〇〇〇ギル

繰り返し：可

そう言ってティファニが差し出してきたのは、クエストの内容が書かれた一枚の羊皮紙《ようひし》であった。

ゴブリン十匹で二〇〇〇〇ギルか。

俺が泊まっている部屋が一泊あたり四〇〇〇ギルだから、二匹倒しただけで、その日の宿代を工面《くめん》できる計算である。

悪くない条件だ。

ゴブリンというと、俺がこの世界に転生してから初めて戦ったモンスターだよな。

簡単に倒すことができたし、このクエストは割りが良さそうである。

「失礼ですが、ユーリさんは過去にゴブリン討伐クエストを受けた経験がありますか？」

「いや。特にないかな」

実のところ、ゴブリンという魔物は最初に戦ったモンスターであるのだが、今はそういうことを聞かれているわけではなさそうだ。

クエストとしてゴブリン討伐の仕事を引き受けるのは、俺にとって初めてのことであった。

「でしたら、パーティーを組んでの討伐をオススメしております」

「パーティー、か」

「はい！　ゴブリンというモンスターは、クエスト中の死亡事故が多いことで知られているのです。初めてのクエストの場合、経験者の方と一緒にいた方が格段に安心できると思いますよ」

「なるほど。了解した」

知らなかった。

てっきり俺はゴブリンというと簡単に倒せるモンスターだと思っていたのだが、実は危険なモンスターだったのか。

もしかしたら俺が戦ったゴブリンは、特別に弱いゴブリンだったのかもしれないな。

～～～～～～～～～～～～

それから。

受付嬢から討伐依頼書を受け取った俺は、ゴブリン討伐のパーティーがないか探してみることにした。

こういう時に便利なのは、ギルドの中に作られたパーティー募集用の掲示板である。

ウルフ討伐クエスト。参加者募集@三名。

冒険者ランク不問。初心者歓迎。ギルド裏庭前より出発。

ゴーレム討伐クエスト。参加者募集@一名。

Dランク以上の打撃武器を持参できる方。ギルド入口前から出発。

ギルド掲示板には、様々な募集依頼が書かれている。

目的であるゴブリン討伐は、直ぐに見つかった。

「こんなに沢山《たくさん》あったのか……」

どうやらゴブリン討伐クエストは、今日の一番人気の依頼らしい。

パーティー募集用の掲示板に書かれた依頼のうち、実に半分以上がこのゴブリン討伐クエストについて書かれたものであった。


ゴブリン討伐クエスト。参加者募集＠一名。

前衛職。剣を使って戦える人。噴水前より出発。


ふむふむ。

この条件なんて良さげではないだろうか。

前世が《剣聖》で《魔帝》な俺は、前衛と後衛、どちらでも戦うことができるのだが、現時点でいうと剣を使った戦いの方が慣れている感じがする。

一名の募集ということは、仮に俺がパーティーに参加すれば、直ぐに出発できそうということなのだろう。


「ねえねえ。リッド。早く行こうよー」

目的地である噴水前に移動すると、募集主と思《おぼ》しき冒険者が直ぐに見つかった。

エミリー・ミューズ
種族　ヒューマ
性別　女
年齢　17

まず、視界に飛び込んできたのは、二人の女冒険者たちの姿であった。
エミリーという女は、金髪の縦ロールの髪型が特徴的な冒険者であった。
持っている武器は杖《つえ》。
何らかの魔法を使って戦うのだろうか。

「早く行かないと、他のパーティーに先を越されちまうぜー？」

ミュセル・バーデン
種族　ケットシー

性別　女
年齢　16

次に視界に入ったミュセルという女は、頭からピョコンと生えた猫耳が特徴的な冒険者であった。

持っている武器は短剣と弓。

獣人らしいスピードを活《い》かした戦い方を得意としているのだろうか。

二人に共通している点は、これから遠征に行くにしては、やたらと露出度の高い、煌《きら》びやかな服を着ているという点である。

ふうむ。女冒険者というと、こういう服を着るのが普通なのだろうか？

あまり女冒険者の知り合いがいないので分からないな。

身近なところでいうとフィルとリコに関しては良くも悪くも、そんなに飾り気のない感じだった。

「すまない。二人とも。もう少しだけ待ってくれないか？」

リッド・オリマー
種族　ヒューマ
性別　男
年齢　18

最後に視界に入ったのは、赤いマントを身に纏《まと》った金髪の男であった。

外見年齢は俺より少し上、くらいだろうか。

長身痩軀《そうく》で白い歯を零《こぼ》すリッドは、イケメンといっても差し支えのない外見をしていた。


「もう！　リッドったら心配性なんだから！」

「ゴブリンくらいアタシたち三人でも余裕だぜ！」


どうやら今回の募集主は男一人、女二人のパーティーらしい。

男の割合が多い冒険者の中にあって、女二人のパーティーというのは、なかなかに珍しい感じであった。

「すまない。掲示板の募集を見てきたのだが」

嫌な予感を感じながらも、恐る恐る声をかけてみる。

「おおー！　助かったよ！」

俺の存在に気付いたリッドは、爽《さわ》やかな笑みを浮かべる。

「見たところ、キミは剣士みたいだね。条件にもピッタリ当てハマっている。なかなか良い武器を装備しているじゃないか！」

なるほど。

今まであまり意識してこなかったのだが、パーティーを組んで討伐《とうばつ》に向かう場合、装備を整えておく、というのは大事なのかもしれない。

バスターソード　等級Ｂ

（高純度の鉄鉱石で作られた頑丈で大きな剣）

新しい武器を入手したばかりのタイミングで助かった。

現在装備しているバスターソードは、以前に行ったゴーレム討伐クエストで作った代物《しろもの》である。

今回は見栄《みば》えの良い武器を持っていたが、ボロボロの剣しか持っていない状態だと、まともに取り合ってもらうことが難しかったのかもしれない。

「助かったよ。ボクたちのパーティーは後衛に偏《かたよ》っていたからね。キミのような前衛の剣士をずっと待っていたんだ！」

それから。

パーティーへの参加を決めた俺は、噴水前の椅子《いす》に腰を下ろして、説明を受けてみることにした。

「それじゃあ、揉《も》め事が起こらないよう事前にルールを決めておくよ」

爽《さわ》やかな笑みを浮かべながらリッドは続ける。

「クエストの報酬《ほうしゅう》はキレイに四等分に分けること。もしも貴重なアイテムが手に入った場合は、馴染《なじ》みの道具屋に売却して換金しようと考えている。ユーリ君はそれでいいかな？」

「ああ。特に問題ないぞ」

そうか。当たり前といえば、当たり前の話なのだが、四人でパーティーを組んだ場合、報酬は四等分されるわけか。

ゴブリンを一匹討伐で二〇〇〇ギルというと、美味《おい》しい仕事のようにも思えたが、四等分すると色々と話が違ってくる。

冒険者として食べていくのは、俺が考えていた以上に難しいことなのかもしれない。

「最後の確認だ。念のため、ギルドライセンスを見せてもらえないだろうか？　キミのことを疑うわけではないが、稀《まれ》にパーティーの中に資格を持っていない人間が紛《まぎ》れ込むことがあるらしいからね」

そんな人間がいるのか。

たしかにライセンスを取得するまでの道のりは、俺が思っていた以上に厳しいものであったな。

中には無免許で潜《もぐ》り込もうとする人間がいるのかもしれない。

冒険者の仕事も苦労が多いんだな。

「分かった。これでいいか?」

「…………!?」

んん?　これは一体どういうことだろう。

俺がギルドライセンスを提示した途端、男の雰囲気《ふんいき》が明らかに変わったような気がした。

「Fランク……だと……?」

俺のライセンスを握ったリッドは、顔を赤くして、ワナワナと手を震わしていた。

事情は分からないが、リッドは怒りの感情を露《あらわ》にしているようであった。

「Ｆランクのゴミ虫が！　よくもこのパーティーに参加する気になったものだな！」

激昂《げっこう》したリッドは、俺に向かって冒険者ライセンスを投げつける。

ぬおっ。

いきなりどうしたんだ。この男は。

怒りはそれだけでは収まらず、跳ね返って地面に落ちたライセンスをグリグリと土足で踏みつけていた。

「うせろ！　お前のような寄生虫に用はない！」

なんだか知らないが、交渉は決裂してしまったらしい。

「やれやれ。行こう。二人とも。キミたちの言う通り、四人目を待つのは時間の無駄だったみたいだね」

リッドが立ち去ると、取り巻きの女冒険者たちもそれに続く。

「本当に最悪。Fランクの分際で図々《ずうずう》しい男がいたものね」

「べェー！　Fランクは大人しく薬草でも集めていればいいんだよ！」

これは後になってから知ったことであるが、寄生虫とは実力不足の状態で討伐クエストに参加して、パーティーの足を引っ張る冒険者のことを指すらしい。

ゴブリンの討伐難易度はEランク。

Fランク冒険者である俺が参加すると、募集主の性格によっては嫌悪感を持たれるケースがあるらしい。

うーん。知らなかった。

パーティーを組んで、クエストに出るというのは、こんなに難しいものだったんだな。

異変が起きたのは、俺がそんなことを考えていた時であった。

「むっ。そこにいるのはユーリ殿！　ユーリ殿ではないか！」

リコ・グラネス
種族　ヒューマ
性別　女
年齢　16

目の前に見覚えのある女冒険者が立っていた。

リコの手には俺がギルドから渡されたのと同じゴブリンの討伐依頼書が握られている。

なるほど。

どうやらパーティーを探していたのは、俺だけではなかったらしい。

「むむっ。どうしたのだ？　こんなところで」

何はともあれ必要なのは情報の共有だろう。

奇遇にもリコと出会った俺は、先程の出来事を包み隠さずに打ち明けてみることにした。

2話 ゴブリン討伐

To tell the truth, F-rank magic swordsman is the strongest!

落ち葉を踏みしめ、鬱蒼《うっそう》と生い茂る緑の中を進んでいく。

「ふーむ。そうか。それは気の毒だったな」

それから。

リコと合流した俺は、パーティーを組んで、雑談を交えながら、ゴブリンが生息しているらしい《北の森》の奥地を目指すことにした。

「助かったよ。リコがいなければ、今頃、俺は一人で討伐《とうばつ》に向かっているところだった」

聞くところによるとリコは、これまでにもゴブリン討伐を受けてきた経験者らしい。

たとえ一人であっても仲間と組んでさえいれば、立派なパーティーと呼ぶことができるだろう。

「む。それは私のセリフだぞ？　ユーリ殿がいなければ、そのロクでもないパーティーに捕まっていたのは私の方だったのだからな！」

どうやらリコが冒険者ギルドの噴水前を訪れたのは、俺と同じパーティー募集の掲示板を見たからだったらしい。

そう言えばリコは剣士だったな。

リコが剣士として戦うならば、俺は魔法を使って後方支援に回る方が良さそうである。

「なあ。Ｆランクの冒険者がパーティーに参加するのはマナー違反だったりするのか？」

「そのようなことはないぞ！　今回の連中が身勝手なルールを押し付けてきたに過ぎない」

リコ曰《いわ》く。

クエストの中にはランク制限のある『特殊クエスト』と誰でも自由に受けられる『通常クエ

スト』の二種類があるらしい。

今回のゴブリン討伐クエストは、後者に分類されるのだ。

その為、本来であればランクを理由にして、差別される謂《いわ》れはないのだとか。

と。

そんな話をしているうちに開けた場所が見えてくる。

「着いたぞ。この辺りがゴブリンたちの生息エリアになっているみたいだ」

リコに案内されて辿《たど》り着いたのは、以前にも訪れたことのある《北の森》の奥地であった。

街から徒歩で三十分としないうちに到着する《北の森》は、駆け出しの冒険者たちに人気のエリアであった。

ガサガサ。

ガサガサ。ガサガサ。

目的地に到着してから間もないうちに近くにあった茂みが揺れているのが分かった。

「む。さっそく敵か!?」

生物の気配を感じて戦闘の準備を整えるリコであったが、残念ながら今回は目当てのモンスターではないようである。

「クソ！　一体、どうなっているんだよ！」

茂みから飛び出してきたのは、ゴブリンではなく、冒険者の男であった。

「おい！　そっちはどうだ！」
「ダメだ！　ゴブリンどころか森ネズミ一匹も見当たらないぜ……」

どうやら冒険者の男は、他の男たちとパーティーを組んでゴブリンの討伐を行っている最中だったらしい。

よくよく観察してみると森の中でゴブリンを探していたのは、この男だけではない。

他にも何組かのパーティーが森の中に出入りして、ゴブリンを探しているようであった。

「リコ。これは一体……？」

「むむっ。どうやら一足遅かったようだな。このエリアのゴブリンは、既に大部分が狩り尽くされた後のようだ」

リコ曰く。

現在、冒険者ギルドではゴブリンの討伐強化期間中で、報酬《ほうしゅう》が通常の二倍に設定されているのだとか。

なるほど。

パーティー募集掲示板がゴブリン討伐クエストばかりだったのには、そういう裏事情があったか。

多くの冒険者たちが遠征に乗り出した結果、近場である《北の森》のゴブリンたちは根絶やしにされてしまったというわけである。

「他にゴブリンがいそうな場所ってないのか？」

「ああ。調べてみる。少し待っていて欲しい」

鞄《かばん》の中から取り出した地図に、リコはペンを走らせて移動ルートを計算しているようだった。

「……あるにはあるが、少し遠いようだな。ここから歩いて向かうとなると片道で二時間はかかりそうだ」

片道二時間か。

たしかに徒歩で行くには、少し面倒な距離だな。

帰りの移動時間も計算すると、討伐にかけられる時間は、ほとんどなさそうである。

仕方がない。

周りの人をビックリさせてしまうかもしれないので、できればこの手は使いたくはなかったのだが、出し惜しみしていられるような状況ではなさそうだな。

「ライム。頼んだぞ」

「キュー！」

俺が合図を送ると、ポケットの中から飛び出してくる。

それから暫《しばら》くするとライムの体は、空気を入れたかのように巨大化していく。

「こ、これは……!?」

そういえばリコに変身能力を見せるのは初めてだったかな。

魔石を与えて強化したスライムは、事前に『型取り』をしたモンスターに変身することができるようになっていたのだった。

「よし。頼んだぞ。ライム」

「キュー！　キュー！」

俺が変身したライムの背中の上に乗ると、ライムは『任せておけ！』と張り切っているようであった。

「ユ、ユーリ殿。これは一体なんなのだ……？」

「何って、変身したスライムに乗って移動しようと思っていただけなのだが……。これくらいフツーじゃないのか？」

「断じて普通ではない！」


何故か、もの凄《すご》い剣幕でツッコミを入れられていた。

そうか。

ライムの場合、魔石を与えてから直ぐに変身能力を身に着けたわけだからな。

他の冒険者たちも同じようなことをしているのかと思っていたのだが、そういうわけではないらしい。

もしかしたらライムは、特別に優秀なスライムだったのかもしれないな。


～～～～～～～～～～～～～～


それから。

ライムの背中に乗った俺たちは、リコに教えてもらった場所を目指していた。

「わあああああああああああああ！」

「ひいいいいいいいいいいいい！」

「ふうえええええええええええ！」


俺の後ろでリコが何やら大きな声で叫んでいる。

誰かを後ろに乗せて飛ぶというのは、新鮮な気分であった。


「ユ、ユーリ殿！　もう少し！　ゆっくり！　ゆっくり飛ぶことはできないのか!?」


難しい相談であった。

これでも実は、限界までスピードを落として飛んでいるのである。

どうやらこのコカトリスというモンスターは、一定の速度で飛ばないと高度を維持できないようになっているらしい。


「ライム。しっかり支えてやってくれよ」

「キュッ！」

背中から二本の触手を伸ばしたライムは、リコの体を雁字搦《がんじがら》めにする。

相変わらずに絶叫を続けるリコであったが、少なくともこれで落下の心配はなくなっただろう。

と。

そんなやり取りをしているうちに目的の場所に到着したようである。

「リコ。着いたみたいだぞ」

先程の《北の森》とは訳が違う。

新しく到着したエリア《西の森林》は、山と森に囲まれた広大なエリアであった。

「はぁ……。す、凄いな。ユーリ殿は……。あれだけの速度で移動しても平然としていられるなんて……！」

なんだか妙な褒《ほ》められ方をされていた。
おそらくこの時代の人間たちが、乗り物に慣れていないだけなのだろう。
俺が昔、住んでいた日本という国で喩《たと》えると、ジェットコースター感覚で楽しめるスピードだと思うのだけどな。

〜〜〜〜〜〜〜〜〜〜〜〜〜〜〜

それから。
休憩を挟んだ俺たちは、新しく到着したエリアの探索を開始することにした。

「ほう……。素晴らしい景色ではないか！」

目の前に広がるのは、綺麗《きれい》な水が流れる小川であった。
思いがけないところで給水できる場所を発見したリコは、キラキラと目を輝かせながら小川に近づいていく。

「ここが《西の森林》か。噂《うわさ》には聞いていたが、のどかで良い場所なのだな」

頻繁《ひんぱん》に人が出入りしている《北の森》と違って、こちらは人の手が入っていないからなのだろう。

上機嫌になったリコは、さっそく小川の水を飲んでくつろいでいるようであった。

「キュー!」

ライムも上機嫌に給水に励《はげ》んでいる。

それなりに見晴らしが良く、キレイな水源が存在するこの場所は、一休みするのには、おあつらえ向きの場所であった。

だがしかし。

思わず気を緩《ゆる》めたくなるような中にあって、俺は、虎視眈々《こしたんたん》とこちらの気配を窺《うかが》う敵集団の気配を見逃さなかった。

囲まれているな。

敵の数はせいぜい、十匹と少しといったところだろうか。

場所はここから二十メートル近く離れた茂みの中である。

上手《うま》いな。

一匹一匹の戦闘力はどうということのないものなのだが、小さな体を最大限に活《い》かして、気配を断っている。


「リコ。早く剣を取った方が良いと思うぞ」

「……？　それは一体どういうことなのだ？」


敵の攻撃が始まったのは、俺がリコに忠告をした直後であった。

ヒュオンッ！

突如《とつじょ》として茂みの陰から矢が飛んできた。

なるほど。

奴らにとってこの場所は、呑気《のんき》にくつろぐ冒険者たちを物陰から攻撃できる絶好のスポットだったというわけか。

先端に石の刃が付けられた矢は、直線の軌道を描いてリコの体に飛んでくる。

ガキンッ！
狙いは正確だが、少しスピードが足りなかったみたいだな。
俺は飛んでくる矢を寸前のタイミングでキャッチすることに成功する。
「んなっ!?　敵襲か！」
遅れてリコも敵の気配に気付いたみたいである。
ゴブリン　等級E
茂みの中から現れたのは、体長五十センチほどの緑色の体をしたモンスターであった。
ヒュオンッ！
ヒュンッ！　ヒュンッ！　ヒュンッ！
ゴブリンたちは一糸《いっし》乱れない統率《とうそつ》の取れた動きで、次々と弓矢の嵐を降らしてくる。

流石《さすが》にこれだけの矢を素手で払うのは不可能である。

俺は手にした剣を抜いて、四方から飛んでくる矢を斬《き》り落とすことにした。

「リコ。前に出てくれ。俺は魔法で後ろからサポートする」

「……！　心得た！」


さて。

それっぽいことを言ってみたものの、どうやって戦うのが良いのだろうか。

これまでの俺の戦闘スタイルは自分が前に出て攻撃するものが中心だったので、後衛の戦い方のセオリーというものがよく分からないんだよな。

「付与魔法発動。《速度強化》《筋力上昇》」

悩んだ挙句《あげく》に俺の出した答えは、付与魔法を使ってリコの戦闘能力を向上させることであった。

付与魔法というと装備品の強化に用いるのが一般的であるが、上級レベルになると味方の戦闘能力を上げるサポート魔法としての役割を果たすものらしい。

らしい、というのは、前世の記憶のおかげで知識としては知っていたのだが、実際に使ったことがないので効果の程度が分からないのである。

「なっ！　なんだこれはっ!?」

俺が使用した付与魔法の効果に気付いたのだろうか。

リコのスピードは瞬く間に加速して、ゴブリンの元に接近していく。

「これならいける！」

リコの攻撃。

付与魔法によって筋力を底上げしたリコの攻撃は、近くにあった木すらも引き裂くほどのパワーを秘めていた。

「「キキッー！」」

予想外の攻撃を受けたゴブリンたちは、紫色の血液を噴き出して、バタバタと薙《な》ぎ倒されていく。

「凄《すご》いぞ……！　これは……！」

コツを摑んだリコは同じような要領でゴブリンたちの討伐《とうばつ》を続けていく。
手にした弓で反撃に移るゴブリンたちであったが、超スピードで森の中を動き回るリコに攻撃を当てることは叶わなかった。
その結果、森の中に潜《ひそ》んでいたゴブリンたちは、一匹、また一匹と数を減らしていくことになる。

「よし。あそこにいるグループで最後のようだな！」

流れが変わったのは、勢いづいたリコが残りのゴブリンたちを一掃《いっそう》しようとした瞬間であった。

「「キキッー！」」

「なっ!?」

それは意表を衝《つ》いた背後からの奇襲であった。

おそらくリコのスピードについていけないことを見越して、事前に動きを予測していたのだろう。

木の上に隠れて、身を潜めていたゴブリンたちが一斉に背後からリコに襲い掛かる。

「雹棘砲《アイスニードル》！」

「「キキッー！」」

ゴブリンたちの敗因は、リコにばかり気を取られて、後方で待機していた俺の存在にまで注意が向いていなかったという点である。

氷の刃によって体を貫かれたゴブリンは、そのまま息絶えているようであった。

「油断は禁物だぞ。リコ」

今回の戦いでギルドがパーティーを組んでの討伐を推奨《すいしょう》する理由が、少し分かったような気がする。

一匹一匹の戦闘能力は取るに足らないものであるが、ゴブリンというモンスターの危険度は油断ならないものがあった。

「ユーリ殿……！　これは一体……？　私の体に何をしたのだ!?」

俺の元に駆け寄ってきたリコが、興奮した口調で尋ねてくる。

「何って、付与魔法でリコを強くしただけなのだが……。これくらい別にフツーだよな？」
「断じて普通ではない!!」

何故か、もの凄い剣幕でツッコミを入れられていた。
そうか。

付与魔法を使って味方を強化するのは、この世界では珍しいことなのか。

こうして無事にゴブリンの討伐に成功した俺たちは、次の獲物を見つけるために探索を続けるのであった。


～～～～～～～～～～～～～～～


それから。

無事にゴブリンたちを倒した俺たちは、次なるターゲットを探すために森の中を歩いていた。

だが、少し気になることがある。

何故だろう。

先程の戦闘が終わってからというものリコの顔色が優れないのだ。

最初は単に疲れているだけなのかとも思ったが、それにしては少し様子がおかしい。

リコの体に何らかの異変が起きていることは明らかであった。

「なあ。リコ。どこか悪いところでもあるのか？」

「大丈夫だ。特に問題ない。私のことは気にしないでくれ……」

それは難しい相談である。

リコの息遣いはすっかりと荒いものになり、歩行スピードは先程から遅くなる一方なのだ。

疑問に思った俺はそこでアナライズのスキルを発動してみる。

状態異状　弱毒
（この状態にかかっている生物は、体力を奪われ続ける）

なるほど。

どうやらリコの体調が優れないのは、状態異状『弱毒』に原因があったのか。

しかし、腑《ふ》に落ちないな。

一体どのタイミングでリコは状態異状に陥《おちい》ってしまったのだろう。

「なあ。リコ。もしかしたら、さっきの戦いでどこかケガをしなかったか？」

毒の原因に心当たりを付けた俺は、さっそく疑問に思っていることを尋ねてみることにした。

「ああ。実を言うと左の腕に少しな。だが、矢が少し掠《かす》ったぐらいで別に支障はない」

「傷口を少し見せてくれないか？」

「別に構わないが……」

微《かす》かにだが、傷口が変色しているのが分かる。

なるほど。

どうやら毒の発生原因はゴブリンの放った矢とみて確実だろう。

何はともあれ必要なのは情報の共有である。

そう考えた俺は、これまでに分かった情報をリコに説明してやることにした。

「ど、毒だと……!?　ゴブリンが毒を使ってきたというのか!?」

「ああ。どうやら間違いないみたいだぞ」

「信じられん……。毒を使うゴブリンなど聞いたことがない！」

どうやら毒を使うゴブリンというのは、珍しい存在らしい。

そう言えば先程のゴブリンたちは、全体的に頭を使った戦い方を得意としていたようだった。

もしかしたら今回のゴブリンたちは、他の一般的な個体に比べて知能の高い集団だったのかもしれない。

「……参ったな。生憎《あいにく》と今回は解毒ポーションを持ってきていないのだ。どこかで譲《ゆず》ってくれる冒険者と出会えれば良いのだが……」

キョロキョロと周囲を見渡すリコであったが、当然、そんな都合の良い人間を見つけられるはずがない。

普段、行っている《北の森》のような場所ならばともかく、《西の森林》のような場所で解毒薬を入手するのは不可能に近いだろう。

「それならたぶん問題ないぞ。ライム。リコの毒を吸い出せるか？」

「キュッ！」

俺の命令を受けたライムは、リコの腕に巻き付くようにして張り付いた。

竜すら殺す強力な毒なら難しいかもしれないが、この程度の毒であればライムの力で十分に治療が可能だろう。

「どうだ。気分の方は？」

「す、凄い……！　たしかに気分がグッと楽になった気がするぞ！」

元気になってくれたようで何よりである。

念のため、アナライズのスキルを使用してみると状態異常の表示はどこかに消えていた。

【スキル：聖魔法（初級）を獲得しました】

【スキル：聖魔法（中級）を獲得しました】

【スキル：聖魔法（上級）を獲得しました】

ステータス画面を確認すると、聖属性魔法のスキルを一気に獲得していた。

おおー。

聖属性魔法の取得条件は『他人のケガを治療すること』だったのか。

新しく魔法スキルを習得するのは、随分《ずいぶん》と久しぶりな気がするぞ。

聖属性というと、治療に特化した魔法属性である。

前世の記憶がそう言っている。

せっかくだから聖属性を試してみることにするか。


「リコ。ケガをした腕、もう一回見せてくれないか?」

「ああ。構わないが……」

「傷口修復《ヒール》」


そこで俺が使用したのは聖属性魔法（初級）に位置する傷口修復であった。

呪文を唱えた次の瞬間。

掌《てのひら》から放出された淡い光がリコの腕を包み込んで、ゆっくりと傷口を癒《いや》していく。


「か、回復魔法だと……!?」

これは一体どういうことだろう。

回復魔法を目にしたリコは、あんぐりと口を開いて驚いているようであった。

「ユーリ殿。このような希少魔法を一体どこで取得したというのだ!?」

「ん？　もしかして回復魔法って、珍しいものだったりするのか？」

「当たり前だ！　聖属性の魔法は、全魔法の中で最も希少といわれているのだぞ！」

知らなかった。

前世の記憶によると、回復魔法は取り立てて珍しいものではなかったはずなのだが、現代では色々と事情が違っているらしい。

もしかすると俺の知らない間に現代の魔法のレベルは落ちていたのかもしれないな。

「すまん。これは今覚えたばかりのやつなんだ」

「今!?」

正直に事実を伝えると、リコの表情は益々《ますます》と愕然《がくぜん》としたものになる。

何故だろう。

それからというものリコは、怪訝《けげん》な眼差《まなざ》しを向けるようになるのだった。

アイザワ・ユーリ
固有能力　魔帝の記憶　剣聖の記憶
スキル　剣術（超級）　火魔法（上級）　水魔法（上級）　風魔法（上級）　聖魔法（上級）
無属性魔法（中級）　付与魔法（上級）　テイミング（上級）　アナライズ　釣り（初級）

3話 ゴブリンの巣穴

To tell the truth, F-rank magic swordsman is the strongest!

それから。

無事にゴブリンの毒を治療することに成功した俺たちは、順調に討伐《とうばつ》を続けていた。

「ふう。この辺りの敵は大体倒したかな」

地の利を最大限に活《い》かして攻撃してくるゴブリンたちは侮《あなど》れない存在であったが、敵の行動パターンを把握《はあく》すればこちらのものである。

毒に対する対抗手段を得たことによって、最初の戦い以降は、さほど苦戦をすることなく討伐することができた。

「ライム。処理は頼んだぞ」

「キュッ！」

俺の指示を受けたライムは、倒れたゴブリンの体に覆《おお》いかぶさり、解体作業を進めていく。

無属性の魔石（極小）　等級E

（無属性の力を秘めた極小の魔石）

やがて、跡形もなく綺麗《きれい》サッパリに溶かされたゴブリンの体からは、ピカピカに光る魔石がドロップした。

この魔石というアイテムは、冒険者ギルドに持っていくと《討伐証明》としての役割を果たすものである。

同時にライムにとっては大好物の『食物』となるみたいなので、遠征で入手した魔石の一部は、報酬《ほうしゅう》としてライムに分け与えることにしていた。

「……おかしい。何かが変だ」

何か気になることがあったのだろうか。

倒したゴブリンを観察していたリコが何やら真剣な表情で呟《つぶや》いた。

「ユーリ殿。これを見てほしい」

そう言ってリコが取り出したのは、ゴブリンたちが使用していたと思《おぼ》しき石斧であった。

石の斧　等級Ｅ
（鋭利な石の刃が付けられた斧）

「この武器を見て何か思わないか？」

「うーん。ゴブリンが作ったにしては立派な武器だとは思うな」

「ああ。その通りだ。この武器はゴブリンが手にするには強力過ぎるものなのだ」

リコ曰《いわ》く。

ゴブリンの中には武器を持って戦う個体もいるのだが、その多くは単に石を投げてきたり、木の枝で殴打《おうだ》してきたりという原始的なものが多いらしい。

今回のゴブリンのような毒矢や石の斧を使用してくる個体は、極めてイレギュラーな存在であるのだとか。


「おそらく、この地域にはゴブリンたちに知恵を貸すボスとなるモンスターがいるのだろう。そうでなければ、これだけの武器を用意できるはずがない」


なるほど。ボスか。

そういうパターンもあるんだな。

瞬間、俺が思い出していたのは、異世界に召喚されてから初めて戦ったモンスターであった。

そう言えば、俺が転生してから初めて倒したのも、ゴブリンたちのリーダーだったな。

名前はたしか……。


「ボスっていうと、たとえばゴブリンロードみたいな魔物のことか？」

「うむ。ゴブリンロードというと、ゴブリン族の中でも最強と名高いモンスターだな」

知らなかった。

あの時、俺が倒したゴブリンの親玉は、そんなに凄《すご》いモンスターだったんだな。

「しかし、驚いたぞ。ユーリ殿の口からゴブリンロードの名前が出るとは。てっきり私は、ユーリ殿は、そういうことに疎《うと》いものだと思っていたのだが……」

「いや。ゴブリンロードの場合は特別だな。初めて倒したモンスターだったから印象に残っているだけだ」

よくよく考えてみると、転生してから間もない頃は、今とは違って装備もスキルも全《まった》く揃《そろ》っていなかった。

あの時、ゴブリンロードを倒すことができたのは、色々な奇跡が積み重なった結果だったのだろうな。

「ふふふ。驚いたぞ。ゴブリンロードなど倒せるはずがないではないか。ユーリ殿はそういう冗談を言うタイプだったのだな」

「いや。冗談を言ったつもりはないんだけどな」

俺の思い過ごしだろうか？

こちらを凝視するリコは、怪訝《けげん》な表情を向けているようであった。

「ま、まさか……。本当にゴブリンロードを倒したのか？」

「ああ。だから最初からそう言っているつもりなのだが……」

「そ、そんなはずは……。いや、しかし。ユーリ殿の場合、あながち不可能であろうとも言い切れないのが恐ろしい……」

正直に思ったことを告げるとリコの顔色は、途端に青白いものに変化していく。

「……で、この近くにボスがいるとして、どうやってそれを見つけるんだ？」

「ああ。実を言うとそれが問題なのだ。手っ取り早いのは、尾行して巣を見つけることなのだが……。この地域のゴブリンは知能が高いからな。簡単には尻尾《しっぽ》を摑《つか》ませてはくれないだろう」

なるほど。尾行か。

たしかに相手に地の利がある以上、二人でゴブリンたちに気付かれずに動くことは難しいことなのかもしれない。

と、俺がそんなことを考えていた直後のことであった。

森の奥で一匹のゴブリンが、枯れ葉を踏み鳴らして歩いている気配を感じとることができた。

「ライム。お願いできるか？」

「キュッ！」

俺の命令を受けたライムは、分裂した自らの分身を高速で射出する。

木々の隙間《すきま》を縫《ぬ》うようにして飛んでいった極小のスライムは、ゴブリンの体に付着することになった。

「ユーリ殿。これは一体……？」

「ああ。尾行のために小さいスライムをゴブリンの体に付けておいたんだ。これで暫《しばら》く追跡ができると思うぞ」

「な、なんと……！　そのようなことが!?」

以前に取得したテイミング（上級）のスキルは、魔物と感覚を共有することを可能にしていた。

スライムを分裂させて、小型のスライムに発信機としての役割を与えれば、ゴブリンたちのアジトを確実に割り出すことができるだろう。

〜〜〜〜〜〜〜〜〜〜〜〜〜〜

それから。

無事にゴブリンたちを倒した俺たちは、スライム探知機を辿《たど》って、深い森の中を歩き回っていた。

草木を掻《か》き分けて進んでいくと、少しだけ開けた場所に出る。

「む。ユーリ殿！　あそこじゃないか！」

リコが指さした先にあったのは、切り立った岩山の中に作られた洞窟《どうくつ》であった。

なるほど。

この洞窟、入口こそ小さいが、中は広がっていて、それなりに過ごしやすい空間になっているようだ。

天敵である冒険者たちから身を隠すのには、おあつらえ向きの場所となっているのだろう。

「おやおや～。誰かと思えば、Fランクの芋掘《いもほ》り野郎じゃないか！」

リッド・オリマー
種族　ヒューマ
性別　男
年齢　18

声がしたので振り返ると、そこにいたのは以前にパーティー募集の掲示板で出会った金髪の男であった。

「本当だ。最悪なんですけど」

「芋掘りランクの癖《くせ》に。空気の読めないやつだな～」

エミリー・ミューズ
種族　ヒューマ
性別　女
年齢　17

ミュセル・バーデン
種族　ケットシー
性別　女
年齢　16

取り巻きの女冒険者二人も健在である。

ちなみにこの『芋掘り』とは、Ｆランク冒険者の蔑称《べっしょう》のようだ。

採取系のクエストをメインに受注して、毎日、土に塗《まみ》れていることが多いＦランクの冒険者は『芋掘り』と呼ばれてバカにされているのである。

「ユーリ殿。気にする必要はないぞ。見え透いた挑発だ」

「ああ。大丈夫だ。元から大して気にしていないから」

とはいえ、嫌なタイミングで出会ってしまったことは確かである。

ここまでの順調な流れに水を差されたような気分であった。

「その様子だと、もしかしてキミたちも巣の存在に気付いていたのか？」

「ああ。その通りだが」

俺の思い過ごしだろうか。

正直に告げると、何故かリッドたちは途端に呆《あき》れたかのような表情を浮かべるようになる。

「……悪いことは言わないから止めておけ。Ｆランクのキミがこの先に潜《ひそ》んでいるボスと戦おうなんて無謀《むぼう》に過ぎるぞ」

「そうだ！　そうだ！　Ｆランクのくせに、生意気よ！」

「べェー！　芋掘り野郎は、大人しく薬草でも採取してろってんだ！」


リッドの言葉に同調する二人の女冒険者たち。

なんだか面倒なことになってしまったな。

ここにいる奴らには何も用がないのだが、この洞窟の奥に潜んでいるだろうボスモンスターには用がある。

ボスを倒すことができれば、ライムを強化するための餌《えさ》を獲得することができるからな。

「とにかく、ここにあるゴブリンたちのアジトはボクたちが先に見つけたんだ！　どうしても入りたいということであれば、ボクたちの後ろを歩くことだな！」

なんとも身勝手な言い分ではあるが、一方的に怒り散らされて取りつく島もない感じである。

交渉の余地は薄そうだな。

「どうする？　リコ」

「うむ。ここは大人しく、先方の要求を呑《の》むことにしよう。考えようによっては彼らが我々の『盾』としての役割を果たしてくれるのだからな」

周囲に聞こえないような小さな声でリコは言った。

なるほど。

たしかにリコの言葉には一理ある。

前を歩くということは先んじてモンスターと戦うことができる反面、様々なリスクを背負うことになる。

特に今回は知能の高いモンスターの住処《すみか》に入るのだから、何かしらのトラップが仕掛けられている可能性も考えられる。

「分かった。その条件で構わないぞ」

「ふんっ！　くれぐれもボクたちの足は引っ張らないでくれよ。行こう！　二人とも！」

「…………」

慣れた手つきで女冒険者の肩を叩いたリッドは、先んじて洞窟の中に入っていく。

「『はい！　リッド様！』」

心なしかうっとりとしたような表情を浮かべた女冒険者たちは、リッドの後に続いていった。

さてさて。どうなることやら。

こうして俺たちはことの成り行きにより、新しく出会った三人の冒険者たちと一緒にゴブリンの巣に足を踏み入れることになるのだった。

〜〜〜〜〜〜〜〜〜〜〜〜〜〜〜

それから。

ゴブリンの巣に足を踏み入れた俺たちは、少しずつ奥に移動を続けていた。

「なるほど。それなりに中は広くなっているのだな」

洞窟の中は陽の光が届かない上に足場が悪く、探索を進めるのが困難であった。

前を歩くパーティーたちの動きを参考にしながら歩き続ける。

少し意外だったのが、探索を始めてから三十分近くが過ぎても尚、ゴブリンたちが姿を見せなかったことであった。

「ねえねえ。まだゴブリンのやつらは出てこないの～？」

「いい加減、歩き疲れたぜ……」

この状況を受けて最初に音《ね》を上げたのは、リッドの取り巻きの女冒険者たちであった。

「そうだね。もう随分《ずいぶん》と歩いたし、少し休憩にしようか」

「「わーい！」」

リッドの許可を得た女冒険者たちが立ち止まったので、俺たちもそれに続く。

洞窟の中にシートを敷いた女冒険者たちは、途端に上機嫌になっていくのが分かった。

「じゃーん！　見て！　見て！　今日は私、リッドのために頑張ってお弁当を用意してきたの！」

「アタシも！　アタシも！　リッドが喜んでくれると思って張り切って作ってきたんだぜ！」

そう言って女冒険者たちが鞄《かばん》の中から取り出したのは、大きめのサイズの弁当箱であった。

「はい。あーん」

「あっ！　ズル～イ！　私の方が先に『あ～ん』をしようと思っていたんだから！」

「べェーー！　こういうのは早いもの勝ちだぜ！」

「ちょっ！　二人とも！　落ち着いて！　落ち着いて！　ピクニックに来たわけじゃないんだよ!?」

なるほど。

前から薄々と気付いていたのだが、このリッドという男は、異性から好かれるタイプのようだ。

今にして思うと、女冒険者たちが俺のことを目の敵《かたき》にしていたのにも頷《うなず》ける。

二人にとって、部外者である俺の存在は最初から邪魔者でしかなかったのだろうな。

「まったく……。ハレンチな……！　見るに堪《た》えん！」

何気なく隣に目をやると、リコは地面を強く踏みつけてヘソを曲げているようであった。

気持ちは、まあ、分からなくもない。

真面目《まじめ》なリコにとっては仕事の中に色恋事情を持ち出されるのは、あまり気持ちの良いものではないのだろう。

「ちょっと！　なんなのよ！　アレは!?」

異変が起きたのは、リッドが二つ目のサンドイッチに手を伸ばそうとした直後であった。

「ギャー！　なんかキモイのが、こっちに来るんですけどー!?」

「最悪だ！　せっかくのお弁当が！」

二人の女冒険者たちが何か叫んでいる。

洞窟の奥から出てきたのは、紫色のドロドロとした煙のようなものであった。

「リコ。後ろに下がってくれ」

煙が有毒である可能性が残されている以上、無闇に吸い込むわけにはいかない。

「風撃《ウインド》！」

そう判断した俺は適度に威力を落とした風魔法を使って、紫色の煙を吹き飛ばしてみることにした。

んん？

これは一体どういうことだろう？

魔法を使って風を出したのにもかかわらず、目の前の煙を吹き飛ばすことができなかった。

疑問に思った俺はそこでアナライズのスキルを発動してみる。

ダークミスト　等級E

（呪魔法によって発生した魔霧。あらゆる生物の視界を遮《さえぎ》る効果がある）


なるほど。

魔法攻撃の一種であるようだ。

どうやら呪魔法の攻撃に有効なのは呪魔法だけらしい。

前世の記憶がそう言っている。

見たところ視界を遮る効果があるだけのようだし、無視をしてしまって構わないだろう。

相手の出方が分からないが、ジッと相手の出方を窺《うかが》っていれば不意を打たれることもなさそうだ。


「ユーリ殿……。これは一体……!?」

「敵の魔法攻撃のようだ。ひとまず無害なようだが、警戒した方がいいと思うぞ」


通常のゴブリンの中に魔法攻撃を使用できる個体はいない。

となると十中八九、このダークミストはボスモンスターが使用したものと見て間違いないだろう。

ゴブリンエリート　等級D

「ぐわあああ！　な、なんなんだ！　コイツらは⁉」

霧の中から現れた『それ』を目《ま》の当たりにしたリッドは、驚きの声を漏《も》らしていた。

「「グルルルル！」」


リッドが驚くのも無理はない。

霧の中から現れたゴブリンエリートたちは、通常のゴブリンと比べて二倍近い巨軀《きょく》を誇っていたのである。

こちらに向かって殺気を飛ばしたゴブリンエリートたちは、滝のようにダラダラとヨダレを垂れ流していた。

妙だな。

ゴブリンエリートならば前にも一度戦ったことがあるのだが、これほどまでに好戦的なモンスターだったろうか。
疑問に思った俺は、そこでアナライズを発動してみる。

状態異状　狂暴化
（耐久力向上。痛覚鈍化。知能低下）

なるほど。
どうやらゴブリンエリートたちは、状態異状『狂暴化』によってパワーアップを遂《と》げているらしい。

「ねえ。リッド……。これ、どうするの？」
「だ、大丈夫！　大丈夫！　所詮《しょせん》相手はゴブリンだろう！　ボクに任せておけば問題ないって！」

ゴブリンエリートを前にしたリッドは、恐る恐るといった感じに剣を振るう。
だがしかし。

どうやら強化されたゴブリンエリートは、リッドの予想を遥《はる》かに上回るものだったらしい。

ガキンッ！

手にした棍棒《こんぼう》で剣を払われたリッドは、堪《た》まらず剣を手放してしまう。

「ひいっ！　こ、こっちに来るな！」

ゴブリンエリートたちに迫られたリッドは、逃げ腰のままジリジリと後退を続けていく。

「そ、そうだ！　エミリー！　ミュセル！　この場は一旦、キミたちに任せるよ！」

次にリッドが取った行動は、その場にいた人間たちを驚かせるものであった。

何を思ったのかリッドは、目の前にいた二人の女冒険者たちの肩をトンと押したのである。

「はあっ!?」「ちょ、ちょっと!?」

バランスを崩した女冒険者たちは、ゴブリンエリートの群れに突っ込んでしまう。

「「ギシャアアア！」」

この隙《すき》をゴブリンエリートたちは見逃さない。
ゴブリンエリートたちは、女たちの髪の毛を掴《つか》むと、体を引きずって淡々と巣の奥に運んでいく。

「いやあああああああああああああ！」
「たす……。助けてえええええええええええ⁈」

この場で殺さなかったのは、食糧の鮮度を保つためか、もしくは、繁殖《はんしょく》の道具とするためなのだろう。
いずれにせよロクな理由でないことは確かである。

「……ボクは悪くない。ボクは悪くない。ボクは悪くない。ボクは悪くない」

女冒険者たちにとっての失敗は、頼みの綱《つな》のリッドが肝心《かんじん》なところで役に立たないタイプだったことだろう。

洞窟《どうくつ》の隅で膝を抱えたリッドは、ガタガタと体を震わせて戦意を失っているようであった。

さてさて。

どうしたものか。

いくら無関係の人間とはいっても、このまま見殺しにするのは寝覚めが悪い。

俺としては助けに行きたい気持ちはあるのだが、この場を離れてしまうとリコにまで危険が及んでしまうかもしれない。

「……ユーリ殿。私のことは気にしないでくれ」

俺の考えていることを察していたのだろう。

隣にいたリコは、力強い眼差《まなざ》しで呟《つぶや》いた。

「バカにしてくれるな。私は剣士だからな。自分の身は、自分で守れる！」

リコの言葉はストンと俺の胸に落ちることになった。

なるほど。

言われてみれば、確かに俺はリコの実力を少し侮《あなど》っていたのかもしれない。

少し迂闊《うかつ》なところはあるが、リコの戦闘能力は、俺が出会った冒険者たちの中でも上位のものである。

せっかくだから今回はリコの言葉に甘えさせてもらうことにしよう。


「それじゃあ、お構いなく――――！」


そこで俺が使用したのは、前の戦いでも使った《縮地》と呼ばれる移動方法である。

相手に『移動している』ということすらも察知されずに動くことができるこの技術は、《剣聖》時代に俺が鍛え上げていたものである。

俺は足の裏に力を入れると一瞬で、洞窟の奥に切り込んでいく。


「「ギギギギギ！」」

最初に俺が目を付けたのは、洞窟の奥に女冒険者たちを運んでいる二匹のゴブリンたちであった。
周囲は霧が濃く、遠くを見通すことが困難な状況である。
この二匹を見失ってしまうと、女冒険者たちを助けることは途端に難しくなってしまうと考えたからであった。

「そら！」

瞬時にゴブリンに接近した俺は、余計な動作を省《はぶ》いて素早く剣を振るう。

「「ギョギッ!?」」

骨を断つ鈍い感触と共に鮮やかな血飛沫《ちしぶき》が舞う。
首を撥《は》ね飛ばされたゴブリンたちは、瞬きをする間すらもなく絶命することになった。

バスターソード　等級B

（高純度の鉄鉱石で作られた頑丈で大きな剣）

新調したばかりの性能の良い武器があって助かった。

今回は《付与魔法》を使っていられるだけの時間の余裕がなかったので、前に使っていたボロ剣では一撃で倒すことは難しかっただろう。

「おい。大丈夫か？」

「アッ。アッ。アッ」

「ハハハ。ハハハ」

ゴブリンに襲われたことがよほどショックだったのだろうか。

女冒険者たちは、恐怖で錯乱《さくらん》して、完全に放心状態であった。

「「「ギギー！」」」

おっと。

俺も、あまり他人のことを心配していられる余裕はないみたいである。

仲間のゴブリンが倒れたことにより、俺に対する警戒度が上がったのだろう。

ムキムキに筋肉を膨《ふく》らませたゴブリンたちが、俺に向かって飛び掛かってくる。

敵の数は三匹。

流石《さすが》にこれだけの数を同時に相手するのは厳しいな。

それというのも、剣というのは性質上、一対多の戦いには適さない面があるのだ。


「風迅壁《ウインドシールド》！」


そこで俺が使用したのは風魔法（中級）に属する《風迅壁《ウインドシールド》》であった。

周囲に強烈な風の刃を発生させる《風迅壁《ウインドシールド》》は、遠距離からの飛び道具を防ぐことができる他、カウンターの一撃としても使うことが可能なものらしい。

前世の記憶がそう言っている。


シュイン！

ズバババババババ！

俺が《風迅壁《ウインドシールド》》の魔法を使った次の瞬間。
周囲に発生した風の刃がゴブリンたちの体を切り刻んでいく。

「「ギギイイイィィ!?」」

断末魔《だんまつま》の叫びを上げたゴブリンたちは、そのまま地面の上を転がることになった。

「ユーリ殿！　やったのか!?」

流石だな。
どうやらリコも地力で一匹ゴブリンを倒すことに成功していたらしい。
リコの近くには剣によって体を裂かれたゴブリンの死体が転がっていた。

「いや、まだボスが残っているみたいだぞ？」

先程から気になって仕方がないのは、紫色の霧の奥に見える黒色の影であった。

やがて黒色の影は、こちらにコツコツという足音とともに近づいてくる。

ゴブリンシャーマン　等級B

洞窟の奥から出てきたのは、黒色のローブを身に纏《まと》った一匹のゴブリンの姿であった。

「愚かな人間よ！　我々の住処《すみか》に入ってくるとは、良い度胸ではないか！」

ゴブリンが喋《しゃべ》った。

個人的に喋るモンスターに出会うのは、最初に戦ったゴブリンロードの時以来のことである。

「バ、バカな……！　喋るゴブリンだと……!?」

喋るゴブリンを目の当《ま》たりにしたリコは、口をパクパクと動かして驚いているようであった。

ふむ。

リコのリアクションから察するに、喋るモンスターというのは、やはり珍しい存在のようだな。

以前に戦ったゴブリンロードもＢランクのモンスターだったし、その辺りから魔物たちの知能は急激に上がっていくのかもしれない。

「かかれ！　お前たち！」

「「キキッー！」」

ゴブリンシャーマンが声を上げると、霧の中から一斉に小型のゴブリンが飛び出してくる。

ゴブリン　等級Ｅ

小型の通常種であるが、少し数が多いな。

できれば魔法を使って、一掃《いっそう》したいところなのだが、この様子だと止めておいた方が良さそうだな。

魔法というのは強力なものほど、大きな隙《すき》が生じてしまうものなのである。

どうやらゴブリンシャーマンは、俺が魔法を使用して、隙を作るタイミングを窺《うかが》っているようであった。

「リコ！　手伝ってくれ！」

「……！　心得た！」

敵がどんな攻撃手段を持っているか分からない以上、迂闊《うかつ》に隙を見せるわけにはいかない。

そう判断した俺はリコと協力をして、押し寄せるゴブリンたちを倒していくことにした。

「たあ！」「せい！」「はあああ！」

隣で戦うリコは鮮やかな剣技を披露している。

ゴブリンという魔物は、各々《おのおの》が知略を活《い》かしてこそ、最大限に真価が発揮されるものらしい。

命じられるままに突っ込んでくることしかできない状態ならば、単なる雑魚《ざこ》モンスターでしかないようだ。

「「「ギギイイイイ!?」」」

ゴブリンたちの断末魔が洞窟《どうくつ》の中に木霊《こだま》する。
やはり一人で戦うよりも、仲間がいる方が何かと効率が良いみたいだな。
リコとのチームプレイを発揮した結果、ゴブリンたちの数は瞬く間に減っていくことになった。

「ククク！　カカカカカカカカ！」

何か面白いことでもあったのだろうか。
一人だけポツリと取り残されたゴブリンシャーマンは、唐突《とうとつ》に高笑いを始めていた。

「ワナにかかったな！　小僧！　教えてやろう！　ソイツらは貴様をハメるための贄《にえ》に過ぎんということを！」

上機嫌な様子のゴブリンシャーマンは、手にした杖《つえ》を大きく天に掲《かか》げ、意味深な言葉を口にする。
異変が起きたのは、その直後のことであった。
カタカタッ。
カタカタッ。カタカタッ。
倒したはずのゴブリンの死体が唐突に震え、紫色のエネルギーが浮かび上がる。
んん？
この物体、俺の方に向かってきているのか？
疑問に思った俺はそこでアナライズのスキルを発動してみる。

ソウルドレイン　等級Ｄ
（死者の魂を利用して、対象の魔力を吸いつくす呪魔法）

なるほど。
無策のままゴブリンを突撃させたのは、呪魔法の発動条件を満たすためだったのか。

「ユーリ殿っ!?」

リコが何か叫んでいる。

どうやらソウルドレインの魔法は、俺一人をターゲットとしているようだ。

これは少し厄介《やっかい》なことになってしまった。

なんとか避けようと試みるが、ソウルドレインの魔法はどこまでも俺を追ってくる仕組みになっているらしい。

俺を追いかけてくる死者の魂は、やがて、数を増していき、物理的に避けられる空間がなくなってしまう。

「ぬおっ!?」

体が熱い。

どうやら死者の魂が、次々に俺の体内に入り込んでいるようだ。

「クカカカカ！　勝負あったな！　見せてやる！　死者の恨みの恐ろしさを！　そのまま朽《く》ち果てろ！」


次第に瞼《まぶた》が重くなり、手足の自由が奪われていくのが分かる。

参ったな。

これだけ身動きが取れなくなってしまうと剣を使った反撃は難しい。

だからといって魔法で反撃しようにも、視界が霞《かす》んで上手《うま》く狙いをつけられる保証がないぞ。

【スキル：呪魔法（初級）を獲得しました】
【スキル：呪魔法（中級）を獲得しました】
【スキル：呪魔法（上級）を獲得しました】

何か他に手段はないかとステータス画面に目をやると、新しい魔法が追加されているのが分かった。

おおー。

呪魔法の習得条件は、敵から呪魔法を受けること、だったのか。

これは良いタイミングで新スキルを手に入れることができたのかもしれない。

だってそうだろう？

前世の記憶によると、呪魔法に対抗することができるのは、同じ呪魔法だけらしいからな。

ようやくこれで相手と同じ土俵《どひょう》に上がることができたというわけである。


「呪術反転《リフレクション》！」


そこで俺が使用したのは、呪魔法（上級）に位置する呪術反転《リフレクション》であった。

受けた魔術を解析して、そっくりそのまま相手に返すこの魔法は、呪魔法から身を守るのに最も適したものである。


「これは……!?　じゅ、呪術返しだと……!?　貴様、一体この魔法をどこで覚えたというのだ!?」


はて。

この場合、果たしてなんて答えるのが正解なのだろうか。

感覚的には、前世で習得したスキルを思い出しているといった感じなのだが、そういう意図で聞かれた質問ではなさそうである。

「さあ。たった今じゃないか」

悩んだ挙句《あげく》に俺は事実を正確に伝えてみることにした。

「き、貴様……。一体、な、何を……言って……」

異変が起きたのは、ゴブリンシャーマンが困惑の表情を浮かべた直後であった。

呪術反転《リフレクシヨン》の魔法によって死者のエネルギーが、ボスゴブリンの元に集まっていく。

「なっ……！　や、やめっ！」

慌てて回避しようとするゴブリンシャーマンであったが、この攻撃が回避できないのは既に俺が検証済みである。

結果、ものの数秒としないうちに死者の魂は、ボスゴブリンの中に侵入していく。

「ぐわっ！　ぐわああああああああああ!?」

おおー。

こうしてみるとソウルドレインは、かなり恐ろしい魔法だったんだな。

一発一発の威力は取るに足らないものであるが、特定の条件下においては即死級のダメージを与える類《たぐい》のものらしい。

俺が攻撃を食らって無事だったのは、偶然だったというわけか。

「グギャアアアアアアアアアアアアアアアア！」

やがて、全身の魔力を吸いつくされたゴブリンシャーマンは、急激に痩《や》せ細り、地面に転がることになる。

知らなかった。

全身の魔力が尽きると生物って、こんな風になっちまうんだな。

「死者からの恨みを受けるのは、お前の方だったみたいだな」

部下たちを捨て石に使ったのだから当然の報いといえるだろう。
骨と皮だけの状態になったボスゴブリンに対して、俺はそんな言葉を返すのであった。

アイザワ・ユーリ
固有能力　魔帝の記憶　剣聖の記憶
スキル　剣術（超級）　火魔法（上級）　水魔法（上級）　風魔法（上級）　聖魔法（上級）
呪魔法（上級）　無属性魔法（中級）　付与魔法（上級）　テイミング（上級）　アナライズ　釣り（初級）

～～～～～～～～～～～～～～～

それからのことを話そうと思う。
あの後、無事にゴブリンの討伐《とうばつ》クエストを終わらせた俺は、ギルドから受け取った報酬《ほうしゅう》をリコと山分けしてから宿屋に戻ることにした。

逃げ足の速いリッドは、俺たちが助けるまでもなく、いつの間にか洞窟《どうくつ》の中から自力で脱出を遂《と》げていたようだった。

気の毒だったのはリッドに心酔していた女冒険者たちである。

信じていた男に裏切られたのが、よほどショックだったのだろうか。

戦いが終わった後も女冒険者たちは、暫《しばら》く放心した様子を見せていた。


〜〜〜〜〜〜〜〜〜〜〜〜〜〜〜〜〜〜〜〜


ゴブリン討伐の一件から暫くのこと。

その日、俺は趣味と実益を兼ねた『釣りクエスト』を受注していた。

宿の近くの堤防の上に座り、ゆらゆらと揺れる水面をぼんやりと見つめる。

最近は釣果《ちょうか》にはあまり拘《こだわ》らず、こうして、のんびりと海を眺める時間が好きになっていた。


「ユーリ様！」

その日、俺の元に珍しい客が訪れた。

以前のゴブリン討伐で出会った女冒険者たちだ。

「良かった。ようやく会うことができて」

「アタシたち、ずっとユーリ様のことを探していたんだぜ！」

んん？　これは一体どういうことだろう？

久しぶりに出会った女冒険者たちは、雰囲気《ふんいき》が違っているような感じであった。

具体的に言うと、以前までは俺に対してゴミを見るかのような眼差《まなざ》しを向けていたのだが、
今は何か愛《いと》おしいものを見るような眼差しに変化していた。

「私たち、心を入れ替えたんです！　顔だけで男を選ぶとロクな目に遭《あ》わないって！」

「この前、助けてもらって、ユーリ様みたいな強い男の魅力に気付いたんだ！」

何かを期待しているかのようなキラキラとした視線を向ける女冒険者たち。

「はあ。そうなのか」

果たしてそれは心を入れ替えたといえるのだろうか。

評価をしてもらえるのは嬉しいのだが、依存の対象がリッドから俺に変わっただけで本質的には何も変わっていないような気がするな。

「ところでユーリ様。クエスト中なんですよね？　私たちに何か手伝えることってありませんか？」

「アタシたち、ユーリ様のためなら何でもするぜ！」

妙に熱意の籠《こ》もった声で女冒険者たちは言う。

せっかくの機会だ。

お言葉に甘えて手伝ってもらうことにするか。

『釣りクエスト』は現在人手が足りておらず、ギルドの人たちも困っているらしいのだ。

彼女たちが『釣りクエスト』を気に入ってくれたら、人員不足の問題も多少は改善するかもしれない。

「よし。それじゃあ、まずは針にエサをつけてくれるか？」

釣りにおいてエサの付け方というのは重要だ。

この作業に慣れていないと、無駄にエサを弱らしてしまって、魚の食いを極端に減らすことになる。

また、エサに針をどうやって通すかによっても、釣果というのは変わってくるものなのだ。

まずは彼女たちにどの程度のスキルがあるのか、じっくりと見定めさせてもらおう。

「はーい！　分かりました！」

「アタシたちに任せてくれ！」

異変が起きたのは女冒険者たちが、上機嫌にエサ箱を開いた直後であった。

箱の中を目《ま》の当たりにした女冒険者たちの表情は、グニャリと歪《いびつ》なものに変わっていく。

「「ぐぎゃああああああああああああああああああああ

ああああああああああああああああああああああああああああああああ！」

エサ箱は宙を舞い、堤防の上を転がった。

中に入っていた木屑《きくず》は散乱して、保管していた虫エサたちが、ニュルニュルと這《は》い出してくる。

おいおい。

なんてことをしてくれるんだよ。お前たちはさ。

幸いなことに海の中には落ちなかったみたいだが、一歩間違えれば大惨事《だいさんじ》になっていたぞ。

「ユ、ユーリ様。これは一体……？」

「ああ。百目イソメのことか。ニジウオを釣る時の定番エサになっているみたいだぞ」

合計で一〇〇個の目玉を持つといわれている百目イソメは、シチュエーションを選ばずに使用できる万能の釣《つ》り餌《え》である。

見た目のインパクトが優れているのか、他の虫エサよりも集魚力が高く、熱心な愛好者の多い釣りエサらしい。

「無理無理！　ほんと無理！　私もう帰る！」

「アハハ……。ア、アタシも、用事を思い出したので、これで失礼するぜ」

それぞれ顔色を蒼白にした女冒険者たちは、尻尾《しっぽ》を巻くようにして逃げ去っていく。

はて。

せっかく一緒にクエストを受けてくれる仲間ができたと思ったのだが、一体何が悪かったのだろうか。

けれどもまあ、女冒険者たちが元気そうで何よりである。

何かと問題が多かったゴブリン討伐クエストは、こうして無事に幕を閉じるのだった。

4話 冒険者研修会

To tell the truth, F-rank magic swordsman is the strongest!

チュンチュンチュン。

耳を澄ませば、窓の外から小鳥たちが囀《さえず》る声が聞こえてくる。

とある日の朝。

いつものようにギルド近くの安宿で一夜を過ごした俺は、部屋の中でのんびりと睡眠を摂《と》っていた。


「……さん。……ユーリさん」


ゆらゆらと体が揺れる。揺すられる。

誰だろう。こんな朝早くから。

冒険者たちが寝泊まりする、この安宿には、カギなんて気の利《き》いたものは存在しない。

自分の身は自分で守れと言わんばかりに、誰でも自由に出入りできる仕様になっていた。

「ユーリさ～ん！　起きていますか～！」

フィル・アーネット
種族　ヒューマ
性別　女
年齢　15

声のした方に視線を移すと、そこにいたのは両サイドを縛《しば》ったツインテールが印象的な女だった。

彼女の名前はフィル。

俺にとって何かと縁のある、同期の冒険者である。

「なんだ。フィルか。どうしたんだ。こんな朝から」

「どうしたんだ？　じゃ、ありませんよ！　ユーリさん。今日の研修について何も聞いていないんですか!?」

「…………?」

研修。はて。なんのことだろう。

そう言えば掲示板に研修についての情報が書かれていたような気がするが、俺には特に関係がないと思ってスルーをしていた。

「その顔……。やっぱり知らなかったんですね……」

心なしか引き攣《つ》ったような表情でフィルは続ける。

「知らなかったのなら覚えて下さい！　私たちのような新米冒険者は月に一度の研修をやる決まりがあるのですよ！」

そうだったのか。

この世界に転生して間もない俺は、様々な面で情報に疎《うと》いところがあるようだ。

そういう訳で色々と教えてくれるフィルは、俺にとって非常に有り難い存在である。

「ちなみにその研修っていうのは受けないとどうなるんだ？」

「えーっと。ちょっと待って下さい。確かこの辺りに……」

そう前置きをしたフィルが、鞄《かばん》の中から出したのは『冒険者のススメ』と呼ばれた手帳であった。

この分厚い手帳、いつも持ち歩いているのか。

知らなかった。

意外とフィルには、几帳面《きちようめん》なところがあるんだな。

「ありました！　故意に研修を避け続けた場合、ライセンス剥奪《はくだつ》などの措置《そち》が検討《けんとう》される、だそうですよ？」

なるほど。

今日回避したとしてもいつかは受けなければならないようである。

こういうのは先送りにするよりも早めに片付けた方が良い気がするな。

「さあ。ユーリさん！　そうと決まったら、さっそく外に行きましょう！」

「っと。出かける前に一ついいか？」

「え？　なんですか？」

フィルに断りを入れた俺は、部屋の窓を開ける。

先程から気になって仕方がないのは、少し離れた場所から俺たちの様子を窺《うかが》う男たちの存在であった。

気になるな。

以前にも似たように監視されたことがあったのだが、今回のそれは向けられている悪意のレベルが違う。

少しでも隙《すき》を見せれば、危害を加えようという『殺気』を感じることができた。

「射撃《スナイプ》・火炎玉《ファイアボール》」

悩んだ挙句《あげく》に俺が使用したのは、火魔法（中級）に位置する射撃《スナイプ》・火炎玉《ファイアボール》である。

通常の火炎玉《ファイアボール》と比べて、威力を落とした代わりに、弾速と射程距離を増したこの魔法は、遠距離から牽制《けんせい》する時に重宝《ちょうほう》されるものであった。


シュウウウウウウ。

ドガガガアアアアアアアアアアアアン！


俺の放った火魔法は、二〇〇メートルほど先に生えていた木の枝に直撃して、小規模な爆発を引き起こす。

結果、俺たちのことを見張っていた二人組の男は、バラバラになって退散していく。


「ええっ!? ユーリさん！ 今、魔法を使って……!?」

「何でもない。ちょっと木の上に虫が止まっていたものでな」


フィルに質問を受けたので、適当にはぐらかしておく。

今まで出会ってきた冒険者たちとは明らかにレベルが違う。

異質な雰囲気《ふんいき》の連中であった。

それにしても何者だったんだろうな。あの男たち。


〜〜〜〜〜〜〜〜〜〜〜〜〜〜〜


一方、その頃。

ここはユーリが泊まっている宿屋から、二〇〇メートルほど離れた場所にある大樹の下である。

「ほう……。あの男、我々の気配に気付いていたというのか」

一人は仮面をつけた黒色の服を身に纏《まと》った男で、ジッと焼け焦げた木の跡を眺めていた。

「流石《さすが》はナンバー【９２８】を退けただけのことはあります」

男たちの所属する組織はナンバーズという。

あらゆる情報が謎に包まれたこの組織は、転生前のユーリが所属していた組織でもあった。
組織の組員には各々《おのおの》、数字が割り振られていて、数が低いほど高い戦闘能力を持った証《あかし》とされていた。

「で、貴方《あなた》に狩れますか？　ナンバー【230】」

ナンバー【230】と呼ばれた男は、頭からツノを生やした鬼人族の男であった。

「ハハハッ。冗談キツイぜ、旦那《だんな》。オレ様がたかだか人間に負けるとでも？」

人間の血と鬼の血が混在した鬼人族は、『魔族』と呼ばれて、人々から恐れられる存在であった。

「あんな雑魚《ざこ》、オレ様が出向くまでもねえ。手塩にかけて育てたオレ様のペットが蹴散《けち》らしてやるぜ」

仮面の男の問いかけを受けた鬼人族の男は、余裕の言葉を零《こぼ》して嘲笑《あざわら》う。

ユーリの与《あずか》り知らないところで、不穏な勢力が動き始めようとしていた。


〜〜〜〜〜〜〜〜〜〜〜〜〜〜〜〜


それから。

フィルに案内されて訪れたのは、ギルドが保有すると思《おぼ》しき空き地であった。

ふーむ。

どこかで見たことがあるなと思っていたのだが、どうやらここは以前に『剣術試験』と『魔法試験』を行ったのと同じ場所のようである。

「ユーリさん！　こっちみたいですよ！　早く早く〜！」

フィルが指さす先にあったのは、既に待機をしている七人の冒険者たちの姿であった。

剣、弓、斧《おの》、槍《やり》。

それぞれが手に持っている武器は様々だが、どうやら彼らは俺と同じ駆け出しの冒険者らしい。

「ふーん。ようやく揃《そろ》ったみたいね」

アイシャ・ブリランテ
種族　ヒューマ
性別　女
年齢　16

それから暫《しば》らく待機していると、俺たちの前に一人の冒険者が現れる。
気の強そうな顔立ちと紫色の髪の毛が特徴的な女だった。
アナライズのスキルによると年齢は十六歳。
リコと同い年みたいだが、それにしては随分《ずいぶん》と幼く見えるな。

「なあ。おい。アレって……」
「棘《いばら》のアイシャだろ……。もしかしてオレたちの教官役って……？」

俺の思い過ごしだろうか？

アイシャが到着すると、周囲の人間たちが俄《にわ》かにザワつくのを感じた。

「ユ、ユーリさん！　知らないんですか!?　棘のアイシャといったら、史上最年少でB級に昇格した有名人ですよ！」

「有名なやつなのか？」

そうだったのか。

この街にやってきてから間もないので知らなかった。

「Bランクの冒険者というと、この街に十人しかいない実力者です！　Bランクに昇級するとギルドから『通り名』を与えられることになるんですよ！」

何故か、自分のことのように誇らしげにフィルは語る。

通り名。そういうのもあるのか。

実を言うと俺も特例でギルドからBランク昇級の話を受けたことがあったのだが、やはり断って正解だったな。

周囲から通り名で呼ばれるのは、個人的に何故か抵抗がある。

この辺りは前世の『日本人』だった頃の感覚が影響しているのかもしれない。

「B級10位、棘のアイシャよ。以降、お見知りおきを」

腰に差した剣を抜いたアイシャは、やたらと高圧的な態度で自己紹介をする。

「最初に教えておいてあげる。いいこと。Fランクのゴミクズたち。今日、アタシがここに来た理由。それは他でもない。アンタたちを鍛えるためよ」

開始早々、アイシャに暴言を浴びせられた講習生たちは、一瞬、何を言われているのか分からずポカンと口を半開きにしていた。

「つまりアンタたちゴミクズをリサイクルして、少しでもマシなものにするのがアタシの役割

っていうわけ」

とても冗談で言っているようには思えない。

このアイシャという女は、本気で俺たちFランク冒険者たちのことを見下しているようであった。

「おい！　小娘！　黙って聞いていれば！」

この状況を受けて怒りの感情を露にしたのは、俺とフィルを除いた他の講習生たちであった。

「何様のつもりだ！　ガキの分際で！」

「そうだ！　そうだ！　女のくせに！　あまり男を舐《な》めるんじゃねーぞ！」

なんだか妙な雰囲気《ふんいき》になってきたぞ。

元々、冒険者になるような人間は血の気が多い連中ばかりだからな。

自分より年下の女冒険者に小バカにされるのは我慢ならないのだろう。

「Ｂ級10位だと……？　ハンッ。大体テメェもＢランクの中だと最下位の雑魚じゃねーか！」

湧き上がる不満の声をアイシャは、ただ、黙って聞いていた。

「なあ。おい！　なんとか言ったらどうなんだよ！」

やがて怒りの感情がピークに達した冒険者の一人がアイシャの体を掴《つか》みにかかる。

異変が起きたのは、その直後であった。

「ぐわっ!?」

アイシャに投げられた男の体が宙を舞う。

小さな体を最大限に活《い》かした惚《ほ》れ惚《ぼ》れするような体術であった。

「アタシ、回りくどいのが苦手なのよね。だから今日は実戦訓練でアンタたちを教育してあげるわ」

極めて平然とした表情でアイシャは告げる。
なるほど。
おそらく彼女は最初からこうなることを期待していて挑発をしたのだろうな。

「クソッ！　やっちまえ！」

アイシャの言葉が開戦の合図となった。
総勢七人の冒険者たちが一斉にアイシャに向かって攻撃を開始する。
だがしかし。
そこから先は一方的な展開であった。

ウィップソード　等級B
（硬さと柔軟性を兼ね備えた金属で作られた剣）

どうやらアイシャの装備する『ウィップソード』は、ムチのように撓《しな》る特殊な材質で作られた武器らしい。

「ぐわっ！」「ぎゃっ！」「どわっ！」

駆け出しの冒険者たちには、不規則な動きをする剣の軌道を捉えることができなかった。

武器の性能、というのもあるのだが、元々の戦闘能力が違い過ぎるのだろう。

結果、ものの二十秒としないうちに総勢七人の冒険者は地面の上に転がることになった。

「いいこと。アンタたちに良いこと教えてあげる」

無残に地に伏せる男たちを見下しながらアイシャは続ける。

「順位が低いからといって、弱いとは限らないわ。アタシはいずれ、この街でＳ級の冒険者になる女よ」

素人目《しろうとめ》に見ても力の差は歴然だった。

S級の冒険者を目指すために力を磨《みが》いてきたアイシャと、単に日銭を稼《かせ》ぐ目的で冒険者になった参加者たち。

両者の意識の違いも見せつけられたような気分であった。

「ちょっと！　そこの二人！」

クルリと踵《きびす》を返したアイシャの視線が俺たちの方に向けられる。

「ひいいい……！　私は別に何も言ってないのにぃ……！」

今度は自分が戦わなければならない番だと思ったのだろう。

隣にいたフィルはビクビクと体を震わせて、怯《おび》えているようであった。

「ふふふ。アンタたち二人は、なかなか見込みがあるじゃない。アタシの実力を一瞬で判断して、戦うのは無謀《むぼう》と判断したわけね」

いや、別にそういうわけではないのだが。

俺たちが戦いに参加しなかったのは、単に傷つけられるようなプライドを持っていなかっただけだと思う。

けれども、今更それは違うとは言い出しにくい雰囲気だ。

その証拠に隣にいたフィルも露骨にブンブンと首を縦に振って、肯定しているようだった。

「いいわ。気に入ったわ。アンタたち二人は、特別にアタシが剣を教えてあげる！」

ペタリと平坦な胸を張ってアイシャは告げる。

「いや。私たち別にそういうのは……」

「ふふーん。さてはＢ級冒険者であるアタシに気を遣っているのね！　いいのよ！　アタシが特別に認めてあげたんだから！」

「…………」

なんだか大変なことになってしまったぞ。

やんわりと断ろうとしたものの、一方的に勘違いを加速させていくアイシャは、聞く耳を持たない様子であった。

とにかくまあ、そういうわけで——。

俺たち二人は、事の成り行きにより、Bランク冒険者アイシャから剣の指導を受けることになるのだった。


〜〜〜〜〜〜〜〜〜〜〜〜〜〜


それから。

アイシャに案内されて俺たちが向かったのは、リデイアルの街から北に少し歩いた場所にある森であった。

二人の女に挟まれて、森の中を歩く。

アイシャとフィル。

そう言えば二人は、年齢も背丈も似たような感じだな。

ただ、容姿には共通点が多くても二人の性格は正反対だ。

どちらかというと人懐っこいフィルと違って、アイシャは四六時中ツンツンとしている感じである。

「あの、今日の講習会なんですけど、本当にアレで良かったのでしょうか？」

隣を歩くフィルが遠慮《えんりょ》がちな様子で疑問を口にする。

「うん？　どういうことかしら？」

「えーっと。なんと言いますか、講習会にしては、あまりそれらしいことをしていないな、と思いまして……」

モジモジと指を絡ませて言葉を濁《にご》すフィルは、少しだけ緊張した様子であった。

うーん。

実のところ俺も似たような疑問を抱いていたところだったんだよな。

講習会という名目をかかげていたが、アイシャのしたことはというと、襲い掛かってきた冒険者を返り討《う》ちにしただけであった。

「いいのよ。だいたい講習会に参加するような駆け出しの冒険者は、増長したクズばかりだから。そういう勘違いした新入りのプライドをへし折ることが、アタシに課された使命っていうわけ」

そういうものなのだろうか。
あまり他の冒険者とコミュニケーションを取った経験がないので、いまひとつ実感が湧かないな。

「実際、自分の実力を客観視できていないルーキーが一番、死にやすいっていわれているのよ。そういう連中には、キチンと自分の弱さを教えてあげないとね」

なるほど。
なんとなくだが、アイシャの言わんとすることが分かってきた。
その時、俺の脳裏《のうり》に過《よぎ》ったのは、いつの日か一緒に洞窟《どうくつ》に入ることになった金髪の冒険者、リッドの姿であった。

案外、人間というのは経験浅い素人の方が、無根拠な自信に満ち溢《あふ》れているものなのかもしれない。

「よーし。この辺りにしましょうか！」

アイシャが立ち止まったのは、《北の森》の中でも比較的、見晴らしの良い場所であった。
周囲にはモンスターの気配はどこにもない。
一体この森の中で何をするというのだろうか。

「はい。これ。アナタたちに渡しておくわ」

ブロンズソード　等級Ｆ
（駆け出しの冒険者が好んで使用する剣）

そう言ってアイシャが俺に手渡したのは、適度に使い込まれた剣であった。

「アタシが手本を見せるわね」

アイシャが手にした剣は俺と同じブロンズソードである。

森に生えていた木の中でも取り分け太いものに視線を向けたアイシャは、手にした剣を振る。

「ていやっ！」

それは女性特有のしなやかな体を活《い》かした無駄のない攻撃であった。

一閃《いっせん》、目の前の大木に鋭い斬線《ざんせん》が走る。

ズシャッ！

ズガガガガガガガガガガ！

その直後、目の前の大木がなぎ倒されて、大量の土埃《つちぼこり》を巻き上げることになる。

「す、凄《すご》い！　これがBランク冒険者の実力……！」

隣にいたフィルが目を丸くして驚いている。

たしかに凄い剣術だ。

これまで俺が出会った他の冒険者と比べても別格な感じがする。

「はい。次はアンタの番。アタシの動きを参考にしてやってみて」

「えええええ!?　わ、私には無理ですよ！」

「まあ、最初はそうでしょうね！　けれども、繰り返し挑戦することに意味があるのよ！　あの大きな木が切れる頃には、剣術（中級）のスキルを獲得できていると思うわ」

なるほど。

アイシャが剣術の修業の場として、この森を選んだ理由が分かったような気がする。

見るからに人通りが少なく、モンスターの気配もないこの場所は、一人で剣の修業をするにはおあつらえ向きの場所なのだろう。

「えい！　たあ！　えい！」

アイシャからアドバイスを受けたフィルは、見様見真似《みようみまね》で剣を振るう。
元々の運動神経が良いというのもあるんだろうな。
初めてにしては、なかなか様になっているようであった。

「はい！　今度はアンタの番！」

そう言ってアイシャが手渡してきたのは、ブロンズソードであった。
よし。せっかくの機会だ。
たまには俺も気持ち良く体を動かしてみようかな。
だがしかし。
初心者用の装備を全力で振ると、武器の方が壊れてしまうのは学習済みである。
自分の武器ならばともかく、他人から借りた武器を壊してしまうわけにはいかない。

「とりゃっ！」

そう考えた俺は人のいない方角を見計らって、軽く剣を振ってみることにした。

刹那《せつな》、大地が震える。


ズガガガッ！

ズガガガガアアアン！


剣から発生した衝撃波は、前方に生えていた木々をなぎ倒していく。

よしっ。

今回は武器を破壊することなく剣を振ることができたぞ。

前々から苦手だった『力の加減』を少しだけ改善することができたような気がする。

「あっ。あっ。あっ。あっ……」

んん？　これは一体どういうことだろうか？

俺は剣を振ったその直後、アイシャは口をパクパクと開いて唖然《あぜん》としているようであった。

「言われた通りにしてみたが……。何かおかしいところがあったのか？」

俺の質問を受けたアイシャは、何を言われているか分からないといった感じで目を丸くしていた。

だがしかし。

少し時間を置くと冷静さを取り戻したのか、サラサラの髪の毛を掻《か》き分け、平然と胸を張る。

「べ、別に！　これくらいフツーよ！　フツー！」

「そうか。それは何よりだ」

良かった。

変なことをしていなかったみたいで。

どうにも俺は常識が足りていないところがあるみたいだから、今回も怒られないか少しヒヤヒヤとしていたんだよな。

「は、はい!?　今のユーリさんの攻撃、明らかに異常でしたよね!?」
「全《まった》く問題ないわ！　たしかにＦランクにしては出来るようだけど、これくらい普通の範疇《はんちゅう》だから！」
「ええっ……。えええ……」

何か納得のいかないことでもあったのだろうか。
アイシャの言葉を受けたフィルは、何故か、げんなりしたような表情を浮かべるのだった。

～～～～～～～～～～～～～～

「さて。剣術についてはこれくらいにして、次は魔法の訓練をするわよ！」

それから。
剣術の指導を受けた俺たちが向かったのは、魔法の指導を受けるために《北の森》から場所を移動することにした。

「ところでアンタ。えーっと、名前は、なんだっけ？」

「ユーリだ」

「そう。ユーリは誰かに魔法を習った経験ってあるわけ？」

「いや。特にそういうのはなかったと思うぞ」

正確に言うと必要な知識は《前世の記憶》が教えてくれるのだが、今はそういうことを聞かれているわけではないだろう。

「ふふふ。そう。ということは魔法に関しては、完全に初心者というわけね」

何か嬉しいことでもあったのだろうか？

正直に事実を打ち明けると、アイシャは心なしか上機嫌になっているようであった。

と、そんな会話をしているうちに目的の場所に到着する。

アイシャに連れられて向かった先は、《北の森》の奥地にある岩山であった。

「この岩山は魔法の修業の場にはちょうどいいの。周囲に燃え広がるものがないし、どんなに強力な魔法を使っても問題ないわ」

なるほど。

たしかに前のような森林地帯で魔法を使うと、辺り一帯が焼け野原になりかねない。

俺たちが来る前にも他の誰かが魔法の訓練をしていたのだろうか？

よくよく岩山の表面には、焼け焦げたような跡が散見していた。

「昔から、剣を学びたければ森に行け。魔を学びたければ山に行け、という格言があるの。この場所は魔法の修業には、うってつけの穴場スポットっていうわけ」

「なるほど！　勉強になります！」

アイシャのアドバイスを受けたフィルは、うんうんと首を振りながら熱心にメモを取る。

知らない間に二人は、先輩・後輩の関係がすっかりと板についてきているようであった。

「いい。まずはアタシが見本を見せるから、アンタたちはそこで見ていてね！」

前置きしたアイシャは、腰に差した剣を抜いて呪文を唱える。

「火炎葬槍《グングニル》」

瞬間、轟々《ごうごう》と迸《ほとばし》る炎の槍《やり》がアイシャの剣先から召喚される。

地面を這《は》う蛇のような軌道を描いて飛翔した炎の槍は、分厚い岩に突き刺さる。

一閃《いっせん》、破裂音。

アイシャの魔法が命中した後の岩山は、表面が抉《えぐ》り取られて、ポッカリと歪《いびつ》な穴を開けることになる。

「とまあ、こんな感じかしら。魔法を使う上で、何より大切なのは想像力ね。魔法の上達に近道はないわ。地道な反復練習こそが何よりも大切なの」

そうだったのか。

少し思い出したのだが、そういえば前世の魔帝時代の俺も反復練習を大切にしていたような気がするな。

今現在、俺がそれなりに魔法を使えているのも、前世の頃の血の滲《にじ》むような努力のおかげということなのだろう。

「す、凄いです……！　アイシャさんって剣術も一流なのに、その上、魔法も超一流なんですね！」

「ふふーん。まあ、Ｂランク冒険者のアタシにかかれば、これくらい造作《ぞうさ》もないことよ」

フィルの賞賛を受けたアイシャは、満更でもなさそうなニヤケ顔を露《あらわ》にしていた。

たしかに凄い魔法だった。

これまで俺が出会った他の冒険者と比べても別格な感じがする。

「それじゃあ、次はユーリ。アンタが魔法を使う番よ。やってみなさい」

「了解した」

アイシャの指示を受けた俺は、剣を抜いて準備を整えることにした。

「火炎葬槍《グングニル》」

そこで俺が使用したのは、アイシャが使用したものと同じ、火属性（上級）に位置する《火炎葬槍《グングニル》》である。

ただし、今度はあまり手加減をしていない。

せっかくの機会なので、自分の魔法がどれくらいの威力なのか試してみたくなったのだ。

アイシャの説明によると、この岩山は『どんなに強力な魔法を使っても問題ない』らしいからな。

特に大きな問題が起こることはないだろう。

目の前に轟々と燃え盛る炎の槍が具現化される。

んん？

《火炎葬槍《グングニル》》って、こんなに大きな魔法だったのか？

アイシャが使っていたものと比べても優に五倍を超えるサイズに達しようとしていた。

おそらくアイシャは、あえて威力を落として魔法を使っていたのだろうな。

そうでなくては俺の魔法がBランク冒険者のものと比べて、これほどまでに強力になるはずがない。

光る竜のような軌道を描いて飛翔した炎の槍は、分厚い岩に突き刺さる。

一閃、轟音《ごうおん》。

俺の放った《火炎葬槍《グングニル》》は、岩山の奥深くにまで突き刺さり、大爆発を引き起こす。

「なっ。ななな……!?」

んん？　これは一体どういうことだろうか？

俺は魔法を使ったその直後、アイシャは口をパクパクと開いて唖然としているようであった。

【スキル：火魔法（超級）を獲得しました】

久しぶりに本気で魔法を使ったからだろうか。

ステータス画面に視線を移すと、新しく火魔法（超級）のスキルが追加されているのが分かった。

異変が起きたのは、俺がぼんやりとステータス画面を眺めていた直後である。

ズサッ！

ズサササアアァァァッ！

岩山の上の方から何やら不穏な音が聞こえてくるのが分かった。

「ねえ。ユーリさん。この音ってもしかして……」

「ああ。どうやら土砂崩れが起こっているみたいだな」

「「!?」」

ありのままに事実を伝えると、二人の顔色はたちまち青ざめたものになっていく。

おっと。

そうこうしているうちに崩れた土砂が、俺たちの方に向かって流れてきたみたいである。

少し厄介《やっかい》なことになってしまった。

このまま土砂に巻き込まれることになれば、一溜まりもなく圧死することは必至だろう。

「ぎゃあああああああああああああああ!?」


突然の危機を受けてパニック状態に陥《おちい》ってしまったのだろう。

アイシャとフィルはそれぞれ肩を抱き合ったまま、その場で尻餅《しりもち》をつくことになってしまう。

だがしかし。

この状況は俺にとっては好都合だ。

二人が動かないでいてくれるならば、いくらでも対策を立てることができる。


「氷柱壁《アイスシールド》！」


そこで俺が使用したのは水魔法（中級）に位置する《氷柱壁《アイスシールド》》であった。

俺が呪文を唱えた次の瞬間。

目の前に巨大な氷柱が召喚されて、流れ出てくる土砂を受け止めていく。

「「ひぃいいいいいいい!?」」


その後、土砂の猛攻は暫《しばら》く続くことになる。

削られた氷はすぐさま魔法を使って補修。

弱くなっている部分を補強していくことで、土砂の猛攻を躱《かわ》していく。

少しでもタイミングが遅れると氷の壁は決壊して、迫りくる土砂が容赦《ようしゃ》なく降り注ぐことになるだろう。

なるほど。

これは魔法の練習になりそうだ。

それから一分ほどの攻防を続けていると、ようやく土砂が止まってくれたみたいである。

俺たちが立っている部分以外の場所は土砂に埋もれて、砂漠のような風景に姿を変えていた。

【スキル：水魔法（超級）を獲得しました】

結論からいうと、俺の予想は的中していたらしい。

暫く魔法の調整に集中したこともあって、俺は新しく水魔法（超級）のスキルを獲得することに成功していた。

「ア、アンタ……。一体何者なのよ……？」

「ん？　アイシャの言っていた通りだぞ。俺はごくごく普通のFランク冒険者なのだが……？」

アイシャに尋ねられたので、正直に思っていることを話してみる。

前回使った《火炎葬槍《グングニル》》が普通の魔法ならば、今回使った《氷柱壁《アイスシールド》》は更に普通の魔法だろうからな。

「あはは……。あははは……」

「し、しっかりして下さい！　アイシャ先輩！」

おそらく講習中に起きた様々なアクシデントによって精神的に疲れてしまったのだろう。

それから暫くの間、アイシャは口から魂が抜けたかのように脱力してしまうのであった。

アイザワ・ユーリ
固有能力　魔帝の記憶　剣聖の記憶
スキル　剣術（超級）　火魔法（超級）　水魔法（超級）　風魔法（上級）　聖魔法（上級）　呪魔法（上級）　無属性魔法（中級）　付与魔法（上級）　テイミング（上級）　アナライズ　釣り（初級）

5話

Aランク冒険者からの依頼

To tell the truth, F-rank magic swordsman is the strongest!

それは講習会を済ませてから翌日のことであった。

【冒険者酒場　セルバンテス】

ここはリデイアルの街の中心部から少し歩いたところに建てられた酒場である。
カラカラという鈴の音を立てて扉を開く。

「おう。いらっしゃい」

パンチョ・パンサ
種族　ライカン

性別　男
年齢　32

カウンターの先には馴染《なじ》みのあるオーナーの顔があった。

「なんだ。兄ちゃんかい」

このオッサン、パンチョは俺にとって転生してから初めてできた知り合いである。
元々は俺と同じ冒険者の仕事をしていたのだが、コカトリスに襲われて命の危機に瀕《ひん》してからは心境が一変。
今は『冒険者酒場セルバンテス』の雇われたオーナーとして、地に足の着いた生活を送っているらしい。
黒色のタキシードスーツに身を包んだパンチョは、すっかり酒場のオーナーとしての雰囲気《ふんいき》を身に纏《まと》っていた。

「へえ。アイシャが講習会の指南役にね～」

料理が作られるまでの暇な時間。

俺は昨日あった出来事を包み隠さずに話すことにした。

「なんというかよ～。時代は移り変わるものなんだな～。オレ様が知っていた頃のアイシャっていうと、こ～んな小さなチンチクリンだったのによ～」

今でこそ酒場のオーナーの仕事をしているのだが、元々パンチョは十年のキャリアを積んだベテラン冒険者であった。

その為、各方面にとても顔が利《き》く。

俺がこの店に通うようになったのは、単に食事が美味《うま》いというのもあるのだが、効率的に情報の収集ができるという部分に利点を感じていたからである。

「アイツは昔からプライドだけは高かったからよ～。兄ちゃんたちに先輩風を吹かしたかっただけだと思うぜ」

「そういうものなのかな」

突き出しのピクルスをパクパクと食べながら会話をしていると、次の料理が運ばれてくる。

これは魚料理だろうか？

透き通るような白色の身を持ったその魚は、今までに見たことのない種類のものであった。

「なあ。この料理はなんだ？」

「ふふーん。これはな、オレ様特製、ニジウオのカルパッチョだぜ！」

なるほど。

ここ最近、クエストで釣ることが多いニジウオであったが、こうやって料理として出されるのは初めてだな。

「ニジウオっつーのは、味は絶品だが、流通が安定しない魚でよ。取り扱いが難しかったんだが、最近はやけに値段が落ち着いてきたんだ。きっと腕の良い釣り人が入ったに違いないぜ」

腕の良い釣り人か。

最近は俺も釣りクエストを受ける機会が多いので、いつか会ってみたいものだな。

異変が起きたのは、そんなことを考えていた直後であった。

カラカラと鈴の音が鳴り、やたらと肩幅の広い、一人の男が現れる。

ローザス・ビスコッティ
種族　ヒューマ
性別　男
年齢　38

顔に無数の切り傷を残したその男は、見るからに武闘派な雰囲気を醸《かも》し出していた。

「失礼。アイザワ・ユーリという男は、この店にいるだろうか」

男らしい野太い声で名前を呼ばれる。

はて。

どこかで会ったことがあっただろうか。

ここまで強烈なインパクトのある外見をしていたら、流石《さすが》に忘れたりしないと思うのだが。

「おい！　アイツは《鉄塊のローザス》じゃねえか!?」

有名なやつなのだろうか。

そう言えば前にフィルが言っていたっけな。

この街でギルドから二つ名を与えられるのは、Bランクより上の冒険者に限るらしい。

つまりはこのオッサンも、ギルドに実力を認められた冒険者なのだろうな。

「ユーリは俺だが、なんか用か？」

「バ、バカッ！　お前、早くフォークを置け！　この方はＡ級冒険者様だぞ！」

怒濤《どとう》の勢いで怒鳴り散らすパンチョ。

Ａ級冒険者というと、前に会ったアイシャよりも更にワンランク上の階級ということか。

Bランク冒険者ですら街に十人しかいないのだから、俺からすると雲の上の存在ということなのだろう。

「ハハハッ！　別に構わないよ。なるほど。アイシャから聞いていた通り。なかなか肝《きも》の据わった若者じゃないか」

爽《さわ》やかな笑みを零《こぼ》したローザスは、俺の隣にドシリと腰を落とす。

「失礼。葡萄酒《ぶどうしゅ》をデカンタで頂けるかな」

「へ、へい！　ただいま！」

オーダーを受けたパンチョは、いつにも増して手際《てぎわ》良く準備に取り掛かっていた。

それにしても、でかいな。このオッサン。

二メートルくらいあるんじゃないだろうか？

オッサンの体が大きすぎて、座っている椅子《いす》が小さく見える。

「ユーリくん。今日キミに声をかけたのは他でもない。我々に課せられた使命。『邪竜退治』を手伝って欲しいからなんだ」

「んなあああああああああああああっ!?」

俺の代わりにリアクションをしたのはパンチョだった。

勢い良く尻餅《しりもち》をついたパンチョは、手にしたワインボトルを床の上に落としてしまう。

せっかくの葡萄酒が台無しである。

うーん。

ところで今の台詞《せりふ》のどこにそこまで驚くポイントがあったのだろうか。

「旦那《だんな》！　ソイツは流石に無理な相談ですよ！　いくら腕に覚えがあるっていっても兄ちゃんはFランクなんですぜ！」

「いいや。オレは本気だよ。今日会って確信した。ユーリ君の実力はオレたちA級冒険者と比べても何ら遜色《そんしょく》がないものだってね」

なんだか知らないが、随分《ずいぶん》と買い被《かぶ》られてしまっているようである。

確かに俺は過去にBランクへの昇級を断ったことはあるのだが、流石にAランク冒険者と同等というのは過大評価も甚《はなは》だしいだろう。

「なあ。ところで、その邪竜っていうのは一体なんなんだ？」

何はともあれ仕事を引き受けるかどうかは、必要な情報を引き出してから判断しても遅くはない。

そう考えた俺は、ひとまず事情を聞いてみることにした。

～～～～～～～～～～～～～～

「……邪竜。偶然にも『それ』を見て生き延びた冒険者はこう呼んでいた」

ローザスの説明を要約すると以下のようなものであった。

もともとリディアルの街から歩いて二時間くらいの距離にある《西の高原》は、《北の森》と並んで冒険者に人気のある狩場だったらしい。

それというのも《西の高原》に生息するホーンラビットという魔物は、初級の冒険者たちにも狩りやすく、素材も高値で取引されることから、割の良いクエストとなっていたのだとか。

だがしかし。

《西の高原》に『邪竜』と呼ばれる凶悪なモンスターが出現するようになってから状況は一転。

多くの犠牲者を出すことになった。

噂《うわさ》は噂を呼んで現在は、誰も《西の高原》に寄りつかなくなっているらしい。


「邪竜が出てからというもの冒険者の仕事は、割に合わないものになってしまったのだ。特に低ランクの冒険者は少ない狩場を巡って、不毛な争いを始めちまって大変だったんだぜ」


どこか不貞腐《ふてくさ》れたような表情でパンチョは言う。

なるほど。

そう言えば以前も、似たような理由でトラブルに巻き込まれたことがあったよな。

もしかしたらギルドが冒険者の新規加入を渋っていたのは、間接的に邪竜の存在が関係していたのかもしれない。


「どうだろう。ユーリくん。キミさえよければ、我々の邪竜退治を手伝ってくれると助かるんだが……」

なんだか面倒なことになってしまったな。

個人的にはあまり気乗りしないのだが、相手はこの街でも有数の実力者であるA級冒険者である。

断っても、それはそれで、この街では生活し辛《づら》くなってしまうかもしれない。

「ワタシは反対だ。こんな得体の知れない男をパーティーに入れるなんて、正気ではない」

そんなことを考えていると、見覚えのない一人の女に声をかけられる。

疑問に思った俺はそこでアナライズのスキルを発動する。

クロエ・ダウエル
種族　ダークエルフ
性別　女
年齢　22

この女、俺が店に入る前からテーブル席にいたやつだよな。

目深《まぶか》にフードを被《かぶ》ったその女は、今までに見たことのない種族名をしていた。

「ローザスさんも目が曇ったな。Ｆランク冒険者に助けを求めるとは……。Ａランクの名が廃《すた》るというものだ」

そんな台詞を零《こぼ》した謎の女は、被っていたフードを外して、秘めていた素顔を露《あらわ》にする。

おおー。

耳が尖っていて、肌が浅黒いのはダークエルフという種族の特徴なのだろうか。

手足が長く、顔立ちがハッキリとしたクロエは、独特のオーラを纏《まと》っているように見えた。

「この人は？」

「Ｂ級３位。宵闇《よいやみ》のクロエだ。お前のことはアイシャから聞いているよ。アイザワ・ユーリ」

ローザスに聞いたつもりだったのだが、本人の口から返ってきた。

言葉の端々に棘《とげ》を感じる。

なんだか知らないが、やたらと敵意を向けられているようだ。

「どんな手品を使ったかは知らんが、ワタシはお前の実力を断じて認めん。Ｆランクのお前がワタシたちのパーティーに参加しようなど一万年早いということだ」

なるほど。

どうやらクロエは今回の『邪竜討伐《とうばつ》クエスト』の参加メンバーの一人らしい。

自分が参加するパーティーに俺のような人間が混ざっていたら、不満を口にしたくもなるというものだろう。

「クロエ。前から言っているだろう。冒険者はランクが全《すべ》てではない。ランクで実力を測ろうとするのはお前の悪い癖《くせ》だ」

「ふんっ。どうだか。少なくともワタシは、Ｆランクの実力者に会ったことはなかったがな」

不機嫌そうに呟《つぶや》いたクロエは、おもむろにテーブルの上に置かれたフォークを手に取った。

「アイザワ・ユーリ。ワタシとちょっとしたゲームをしないか？」

「ゲームだと？」

「ああ。なんてことはない。冒険者同士では定番の余興だよ」


そう前置きしたクロエは、指の間に挟んだフォークを床に落とす。

異変が起きたのは、その直後であった。

おおー。

これは……フォークが浮いている……？

落下したフォークは、床に落ちる寸前のところで重力を失い、クロエの顔と同じ高さにまでプカプカと浮かび上がっていた。

「ワタシはこれから三割の力でお前にこれをぶつける。この攻撃を返せれば、お前の勝ち、実力を認めてやらんでもない」


なるほど。

どうやらクロエは、魔力を使ってフォークを持ち上げているようである。

魔力とは魔法を使用する時に消費するエネルギー源のようなものであるが、魔力そのものを使っても、こうやってフォークを持ち上げる程度のことができるみたいだ。

あまり燃費の良さそうな技ではないので実戦では使うことはなさそうだが、力試しにはうってつけというわけだな。

「もしも俺が負けたら？」

「……二度とワタシの前に顔を出すな。Ｆランクは Ｆランクらしく、芋掘《いもほ》りクエストでも受けていることだな」

分かりやすく殺気の籠《こ》もった口調でクロエは言う。

参ったな。

なんだか知らないうちに随分と嫌われてしまったみたいである。

「それではいくぞ！」

目を見開いたクロエが宣言をした次の瞬間。

シュオンッ！

クロエの魔力によって打ち出されたフォークは、もの凄《すご》い勢いで俺の顔面を目掛けて飛んでくる。

ぬおっ。速いな。

これがB級3位の実力か。

魔法を使わずに魔力を押し出すだけで、これほどの力を出せるとは思いも寄らなかった。

「よっと！」

クロエの動きを真似《まね》して、対外に魔力を放出してみる。

「なにっ!?　受け止めただとっ!?」

なるほど。

意外と魔力を集めるだけでも、攻撃を受け止めることができるものなんだな。

防御が成功した後は、こちらから攻撃するターンである。

俺は集めた魔力を押し出すことで、目の前のフォークを押し出してみる。

シュオオオオォォォォンッ！

次の瞬間、目の前のフォークが消えるようにして打ち出されることになった。

「!?」

クロエの耳の上をかすめたフォークは、そのままグイグイと直進していき、店の壁に激突する。

刹那《せつな》、轟音《ごうおん》。

フォークによって抉《えぐ》られた店の壁は、直径五十センチくらいの大きな穴が開くことになった。

「バ、バカな……！　こ、こんなことがありえるのか……!?」

クロエが目を見開いて仰天《ぎょうてん》している。

いやいや。驚いたのは俺も一緒である。

魔力を使って押し出したとはいっても、まさかフォーク一本で店の壁が壊れるとは思いも寄らなかった。

「ハハハ……。店が……。オレの……店が……」

開いた穴から夜風がビュービューと吹き込んでいる。

これはパンチョに悪いことをしてしまったみたいだな。

「何かの間違いだ……。でなければワタシが負けるはずがない……」

勝負に敗れたのがよほどショックだったのだろうか。

それからというものクロエは、放心状態に陥《おちい》ってしまっているようであった。

「ふふふ。どうやら最後のパーティーメンバーが決まったようだな！」

クロエとは対照的に上機嫌な様子を見せていたのはローザスである。
冷静なローザスは、まるで最初からこうなることを予想していたかのような感じであった。

「明日はよろしく頼むぞ。ユーリくん！」

豪快な笑みを浮かべたローザスは、俺の背中をバシリと叩く。
仕方がない。
なんとなく既に断りにくい空気が出来上がってしまっているからな。
ここは壁の修理代を捻出《ねんしゅつ》するためにも、頑張ってみることにするか。

６話　邪竜討伐

　それから翌日のこと。

　ひょんなことから『邪竜討伐《とうばつ》クエスト』に参加することになった俺は、集合場所に向かって移動を続けていた。

「おお！　どうやら今日の主役が見えてきたようだな！」

　集合場所である西門前に行くと、見覚えのある大男ローザスに声をかけられる。

「ようやくパーティーが揃《そろ》ったみたいだな」

「……久しぶりね。後輩くん」

事前に聞いていた話ではあるが、今日のクエストで同行してくれるのは、ローザス・クロエ・アイシャの三人らしい。

Ａ級の冒険者が一人にＢ級の冒険者が二人。

改めて考えると、凄いパーティーだな。

俺のような人間が参加しても本当に良かったのだろうか。

一人だけ場違いな感じが半端《はんぱ》ない。


「おや。もしかしてそのスライムはユーリくんが使役《しえき》しているのかい？」

「ああ。コイツは俺の仲間でライムという」

「そうか。テイミングとは珍しいスキルを保有しているね。正直羨《うらや》ましいよ」


んん？　今まであまり意識していなかったのだが、もしかするとテイミングのスキルは珍しいものだったりするのだろうか。

そういえば今まで俺のように魔物を連れた冒険者はあまり見たことがないな。

「ふんっ。スライムなどテイミングしたところで実戦では何も役に立たないがな」

相変わらずに棘《とげ》の含んだ口調でクロエは言う。

役に立たないとは酷《ひど》い言い草である。

これまで俺は何度もライムに助けられてきたことがあるのだ。

けれども、こういうのは口で説明するよりも実際に見せた方が納得してもらえるだろう。

今日の戦いでライムの活躍する瞬間が楽しみである。


～～～～～～～～～～～～～～～～


それから。

俺たちは予定通りに馬車に乗り込んで、邪竜が出現すると噂《うわさ》の《西の高原》を目指すことにした。

ガタガタッ！

ガタガタッ！　ガタガタッ！

古びた馬車は、小石を踏みつける度《たび》に大きく車体を揺らすことになる。
「すまないな。ボロボロの馬車しか借りられなくて」
前の席から振り返ったローザスは、苦い笑みを零《こぼ》す。
どうやらボロボロの馬車に乗るのは、盗賊《とうぞく》たちの襲撃を警戒してのことらしい。
高価な馬車を使うと、それだけ余計な敵を引き付けてしまうことがあるのだとか。
ちなみに現在のポジションはこんな感じ。

　　運転手　アイシャ
馬　　　　俺
　ローザス　クロエ

両手に花、といえば聞こえが良いが、この席は最もランクの低い人間が座らなければならないポジションらしい。
それというのも周囲を人間に挟まれたこの場所は、何かトラブルが起きた時に最も逃げにくいからである。

「まあ、でも、安心しなさい。要人の護衛任務ならいざ知らず、この手のクエストで移動中に襲撃されることなんて滅多《めった》にはないはずだから！」

隣に座るアイシャが得意顔で説明をする。

果たして本当だろうか。

先程から気になって仕方がないのは、後方から俺たちの後を尾《つ》けてくる謎の生物の気配である。

俺の予想が正しければ、この馬車が何事もなく目的地に辿《たど》り着ける可能性は極めて低いような気がするんだけどな。

異変が起きたのは、俺がそんなことを考えていた直後のことである。

ズガガガアアアン！

瞬間、世界が揺れる。

何かが破裂したかのような音が聞こえたかと思うと、空中に放り出された馬車はグルンと一回転することになる。

だが、不測の事態を受けてもパーティーメンバーは冷静だった。

寸前のところで異変に気付いたパーティーメンバーは、馬車から脱出を図り、窮地《きゅうち》を回避する。


「敵襲か!?」

敵の気配を察知した俺はすかさずそこでアナライズのスキルを使用してみる。

ワイバーン　等級C　状態テイミング

俺たちのことを見下ろすかのようにして出現したのは、体長二メートルくらいの翼竜だった。

状態、テイミングか。

もしかするとこの状況、俺と同じテイミングのスキルを持った人間が近くにいるということなのだろうか。

「ユーリくんはクロエと協力して、左側の敵を頼んだ！　我々は右側のやつを倒す！」

「了解した」

ローザスの命令を受けた俺たちは、左側に移動して近くにいたワイバーンを引き付けることにした。

馬車を挟んだ右側にいるワイバーンの数は四体。左側にいるワイバーンの数は三体。

おそらくローザスは、新入りの俺を心配して、数の少ない方を任せてくれたのだろう。

「それで一体どうやって敵を倒すんだ？」

ここで重要になってくるのは、空を飛んでいる敵をどうやって討伐するか、ということである。

普通に考えれば、前衛の俺が敵の注意を引き付けて、魔法攻撃が得意なクロエに撃退を任せる形になるのだろうか。

飛んでいるモンスターと戦った経験がないので、その辺りのセオリーがよく分からないな。

「貴様は何も動く必要がない。足手纏《まと》いだ！」

「……それでいいのか？」

「いいか。ローザスさんはお前のことを買っているようだが、ワタシはまだ、お前のこと認めたわけではないからな！」

分かりやすく不機嫌な口調でクロエは言う。

仕方がない。

このパーティーの中では、俺よりもクロエの方が先輩で発言権があるからな。

お言葉に甘えて、ここは先輩冒険者の動きを参考にさせてもらうことにしようかな。

「雹棘砲《アイスニードル》！」

それから。

B級3位の実力を有するクロエの戦いが始まった。

最初にクロエが使用したのは、水属性魔法（初級）に位置する《雹棘砲《アイスニードル》》であった。

発動までのタイミングが速い。

出現した氷の数も見たことがないくらいの量であった。


「キシャー！」


だがしかし。

いかに優れた攻撃といっても敵は、空中を自由に動くことのできるワイバーンである。

遠距離から闇雲に攻撃していては、いとも容易《たやす》く回避されて、埒《らち》が明かない。


「ふんっ。小賢《こざか》しい！」


退屈そうに呟《つぶや》いたクロエがパチンと指を鳴らした次の瞬間。

地面に転がった無数の氷の刃が、意思を持ったかのように動き始めて、ワイバーンに向けて飛来する。

おおー。

これは凄《すご》いな。
おそらく俺の知らないスキルを使っているのだろう。
一体どうやって『それ』を可能にしているのかは分からない。
だが、今にして考えると最初に当たるはずのない攻撃を繰り返していたのは、この時を見越した計算だったということなのだろう。

「「ギシャー！」」

いかにワイバーンが優れた飛行能力を持っていても、数千本にも達しようかという大量の氷の刃を避け切ることは叶わなかった。

「他愛《たわい》ない。所詮《しょせん》Cランクのモンスターなど程度が知れているな」

その結果、断末魔《だんまつま》を残したワイバーンは紫色の体液を噴き出しながら墜落《ついらく》することになった。

「いや。まだ一匹、敵が残っていたみたいだぞ」

おそらく氷の刃を同時に操る先程のスキルは、並外れた集中力を必要としているみたいである。

どうやらクロエは目の前の敵との戦いに集中するばかり、背後から飛んでくる敵の存在に気付くことが叶わなかったらしい。

メテオワイバーン　等級Ｂ　状態テイミング
（ワイバーンの上位種。高威力の炎魔法を得意とする）

続けて現れたのは、体長五メートルに達しようかという巨大な翼竜モンスターであった。

でかいな。

今まで戦ってきたワイバーンと比べて優に二倍を超えるサイズである。

もしかしてコイツが他のワイバーンたちを指揮していたのだろうか？

巨体の割に音もなく高速で飛行するメテオワイバーンは、明らかに今までの敵と比べてもワンランク上の強さを誇っているようであった。

「なっ。コイツは……!?」


想定外の敵に動揺《どうよう》したクロエは、僅《わず》かに体を硬直させてしまう。

その一瞬を敵は見逃さなかった。

大きく口を開いたメテオワイバーンは、クロエに向かって炎に包まれた巨大隕石《いんせき》を放出する。


「しまっ――――!?」


敵の攻撃は予想以上に強力であった。

魔法というのは、便利なようでいて、その実、かなり不安定なものである。

それというのも魔法は『冷静な状態』でなければ、イメージが定まらずに不発に終わってしまう性質があるからだ。

状況を察したクロエは両目を閉じて、死を受け入れているような雰囲気《ふんいき》であった。

クロエがピンチのようだ。

加勢にいきたいところではあるが、このタイミングで防御魔法を発動しても間に合わないかもしれない。

それなら取るべき手段は一つしかない。

「ライム」
「キュー！」

俺はポケットの中からライムを取り出して、メテオワイバーンの吐き出した隕石に向かって投げつけてやることにした。

「ギュウウウ！」

隕石攻撃を前にしたライムは、空気を含んでいくようにして巨大化していく。
瞬く間に隕石より大きなサイズになったライムは、攻撃を包み込むようにして無力化することに成功する。

「なっ！　ス、スライムだと!?」

クロエからしたらさぞかし奇妙な光景に映っただろう。

先程まで『役に立つことのない』とバカにしていたスライムに命を助けられることになったわけだからな。


「クロエ。アイツを打ち落とせるか？」

俺の依頼を受けたクロエの頭の切り替えは早かった。

「氷柱槍《アイススピア》！」


素早く呪文を詠唱《えいしょう》したクロエは、巨大な氷の槍《やり》を目の前に召喚する。

高速で飛来する氷の槍は、メテオワイバーンの腹部に命中。

紫色の血飛沫《ちしぶき》を撒《ま》き散らしていく。

だがしかし。

驚いたことにメテオワイバーンは墜落《ついらく》することなく、平然とした顔のまま空中を浮遊していたのである。

「クッ……。浅かったか……」

いや。クロエの攻撃が浅かったわけではない。

おそらくメテオワイバーンのウロコが想定以上に固かったのだろう。

「ここから先は俺に任せてくれ」

これだけ敵が弱っていれば、接近戦でも十分に仕留めることが可能だろう。

「付与魔法発動。《斬撃《ざんげき》強化》《衝撃拡散》」

そう判断した俺は手にした付与魔法を使って剣を強化した後、タイミングを合わせて、空高くに跳躍。

メテオワイバーンの額に向かって、全力で剣を振ることにした。

ズガガガッ！

ズガガガガアアン！


刹那《せつな》、大地が震える。

ふむ。やはり固いな。

これだけ防御力の高いモンスターが空を飛んでいるというのは脅威《きょうい》である。

だがしかし。

付与魔法で強化した剣であれば、問題なく討伐《とうばつ》できる範囲であった。

縦の方向に引き裂かれることになったメテオワイバーンは、そのまま二十メートルほど落下。

完全に息の根を止めることに成功する。


「なっ。なななななっ！」

んん？　これは一体どういうことだろう？

無事に着地に成功すると、隣にいたクロエが打ち上げられた魚のようにパクパクと口を動かしているようであった。

「い、一体何をしたというのだ……？」

「何って……？　普通にジャンプして、飛んでいる敵を打ち落としただけなのだが……。これくらい別にフツーだろ？」

「断じて普通ではない！」

なんだろう。このデジャブ。

どうやらジャンプして飛んでいる敵を倒すのは、あまり一般的な戦い方ではないみたいである。

とにかくまあ、そういうわけで。

俺たちは突如《とつじょ》として襲撃してきたワイバーンの群れを迎え撃つことに成功するのだった。

〜〜〜〜〜〜〜〜〜〜〜〜

さて。

無事にメテオワイバーンを討伐したまでは良かったのだが、ここで一つの疑問が残ることになる。

それは一体このワイバーンが何故、俺たちの馬車を襲撃したのかということであった。

「どうやらオレの見立てによると、このワイバーンたちは何者かに使役《しえき》されていたみたいだな」

「「なっ……!?」」

ローザスの言葉を受けたアイシャとクロエは、何やら衝撃を受けているようであった。

んん？

もしかしてこの二人、ワイバーンたちがテイミングされていたことに気付いていなかったのだろうか。

「信じられない……」

「Ｂランクのモンスターを使役する人間など聞いたことがないぞ！」

そういうものなのだろうか。

言われてみれば俺が使役しているライムはFランクのモンスターである。

もしかしたら高ランクのモンスターを使役するのは、非常にハードルが高いことなのかもしれない。

「いや。ローザスの言うことは確かみたいだぞ」

何はともあれ必要なのは情報を共有することだろう。

そう考えた俺は自分が見たままの情報をハッキリと教えてやることにした。

「む。そう言えばユーリくんもテイミングのスキルの持ち主だったな。もしかして、同じ魔物使い同士、共鳴する部分があったのかな?」

「ああ。まあ、そんなところかな」

正確に言うと、アナライズのスキルの効果によるものだが、話がややこしくなるので伝えないでおく。

そもそもアナライズのスキル自体が、この世界ではあまり一般的なものではないみたいだからな。

「もう一つ、問題がある。どうやら先程の襲撃によって馬車を引いていた馬たちがケガをしたらしい。ここからは徒歩で現地に向かうしかないだろうな」

何やら面倒なことになっているようであった。

ここから《西の高原》までの距離は、徒歩で二時間くらいといったところだろうか。

コカトリスに変身したライムに頼って移動するという手もあったが、パーティーの人数が多すぎる。

試したことがないので分からないが、四人で乗るのは流石《さすが》に難しい気がするな。

「なあ。一度、その馬の傷を見せてくれないか？」

馬の傷の程度によっては、以前に習得した聖属性が有効かもしれない。

そう考えた俺は、思い切ってローザスに提案してみることにした。

「む。何か考えがあるのか？　言っておくが、重傷だぞ。どう頑張ったところで回復は不可能だ」

考えというほどのものでもないのだが。

ダメージを受けること前提の聖属性魔法はあまり実践《じっせん》の機会がなかったので、単純に試してみたいと思っていたんだよな。

「……ローザスさん。やらしてみましょう。奴には何かある」

この状況を受けて後押ししてくれたのはクロエであった。

どうやら先程の戦闘により、多少は信頼を得ることができたらしい。

クロエの勧めもあって、ひとまず俺は馬の様子を見ることにした。

「どうだ。なかなかに酷《ひど》い有様だろう……。オレの経験から言うと、こうなってしまうともう潰して肉にするくらいにしか利用できないよ。可哀想《かわいそう》だけれどね」


ローザスの言う通り、馬たちのダメージは深刻であった。

足の骨が折れて、自力で立ち上がれなくなっているのだろう。

地面に伏せたままグッタリとしている馬たちは、苦しそうに呻《うめ》き声を漏《も》らしていた。

なるほど。

このレベルのケガは、初級魔法で対応するのが難しいかもしれない。


「負傷回復《ハイヒール》」


そこで俺が使用したのは聖属性魔法（中級）に位置する負傷回復であった。

初級魔法の傷口修復と比べて、三倍ほどの回復力を誇っている負傷回復であれば骨折レベルのケガでもリカバリーできるに違いない。

前世の記憶がそう言っている。

シュイイイイン！

眩《まばゆ》い光が馬の体を包み込み、その傷口を癒《いや》していく。

「なっ……！　これは……!?」

この状況を受けて真っ先に驚きの声を漏らしたのはローザスであった。

「回復魔法……!?　それって都市伝説か何かじゃなかったの!?」

「信じられない……。このようなところで聖属性魔法の使い手に遭遇《そうぐう》するとは……！」

他の二人についても同様である。

回復魔法によって、たちどころに回復していく馬たちを尻目に度肝《どぎも》を抜かれたかのような表情を浮かべていた。

「治ったみたいだぞ」

やはり聖属性魔法を使ったのは正解だったみたいだな。

ものの五分としないうちに二頭の馬は、自由に走り回れるくらい元気になっているみたいであった。

「驚いたよ。ユーリくん。キミは希少魔法、聖属性魔法の使い手だったのだな」

いつになく真剣な表情でローザスは言う。

ああ。そうか。

そう言えば以前にリコも言っていたよな。

この時代の人間にとって《聖属性魔法》は、とてつもなく希少なものであるらしい。

「いいかい。ユーリくん。聖属性魔法の使い手であることは、あまり大っぴらにしない方がいい」

「それはどうしてだ？」

「……聖属性魔法の使い手は、極めて貴重であるのと同時に引く手数多《あまた》だからね。最悪、キミの身柄を巡って、血が流れることになるかもしれない」

なるほど。

たしかにそれは黙っておいた方が良さそうだな。


「……ローザスさん。彼は、アイザワ・ユーリという男は一体何者なのでしょうか？」

「それを言ってくれるな……。オレも今しがた同じことで悩んでいたところだ……」


俺に聞こえないところで二人が何か喋《しゃべ》っている。

何はともあれ馬たちが助かって良かったかな。

こうして無事に馬の治癒《ちゆ》に成功した俺たちは、馬車に乗って再び目的地を目指すのであった。


〜〜〜〜〜〜〜〜〜〜〜〜〜〜〜〜


それから。

馬車に揺られること更に一時間後。

周囲の警戒をしながら移動を続けていくと、目的地である《西の高原》が見えてくる。

「おおー。ここが《西の高原》か」

全体的に見晴らしが良く、大型の魔物も少ないこの平原は、もともとは駆け出しの冒険者たちが好んで使用する狩場だったらしい。

少なくとも、つい最近までは。

「うーん。これは参ったね。聞いていた以上の惨状《さんじょう》だな」

初めて目《ま》の当たりにする《西の高原》は、なんというか、全体的に禍々《まがまが》しい空気に包まれていた。

酷い臭《にお》いだ。

草木は枯れ果てて、周囲は濃い瘴気《しょうき》に包まれており、先の景色を見通すことが難しい状態であった。

「気を引き締めていこう。ここから先はいつ、邪竜に遭遇するか分からないからな」

「了解！」

ローザスの掛け声によって俺たちは、《西の高原》の探索を始めることにした。
緩い傾斜の坂を上り、高原の頂上を目指す。

ホーンラビット　等級Ｅ
サーベルジャガー　等級Ｄ

途中、何匹かのモンスターに遭遇したのだが、これは俺が戦うまでもなく先にパーティーのメンバーが応戦してくれた。

「ふう。まあ、こんなところか」
「ふふふ。このアイシャ様に逆らうなんて百万年早いのよ！」

流石《さすが》はＢランクの冒険者である。
前から薄々と思っていたのだが、これだけ凄《すご》い人たちが集まっているのだ。
俺がパーティーに参加した意味は薄そうだな。

「おそらく邪竜の影響だろう。魔物たちが異常に殺気立っている……。皆、くれぐれも注意をするように」

俺たちが『それ』に遭遇したのは、ローザスがそんな警告をした直後だった。

突如《とつじょ》として、夜の帳《とばり》が下りたかのように周囲の景色が暗くなっていく。

スカルドラゴン　等級Ａ　状態テイミング

何事かと思い空を見上げると、そこにいたのは体長七メートルを超えようかという巨大な竜のモンスターであった。

「コ、コイツは……!?」

邪竜に遭遇したパーティーメンバーは、それぞれ驚愕《きょうがく》の表情を浮かべていた。

スカルドラゴンは腐敗した肉体と強靭《きょうじん》な骨格を併《あわ》せ持ったゾンビ系のモンスターであった。

驚いたな。

Bランクのモンスターであれば過去に戦ってきた経験があったのだが、Aランクのモンスターと対峙《たいじ》するのは初めてのことであった。

「バ、バカな……！　ありえない……！　なんという怪物だ……！」

リーダーのローザスが、額から汗を流して緊張の声音《こわね》で呟《つぶや》いた。

んん？

これは一体どういうことだろう。

パーティーの中で最も経験豊富なローザスならば、過去にAランクのモンスターと戦った経験もあると思うのだが。

もしかしたら目の前にいる『邪竜』は、他のA級モンスターと比べてもズバ抜けて強力なのかもしれないな。

「総員！　戦闘準備だ！　弩《おおゆみ》の構え！」

これは事前に打ち合わせで説明されていた対邪竜用の作戦である。

大盾を構えたローザスが前に立ち、魔法攻撃を得意とする後衛のメンバーが飛んでいる邪竜を迎え撃つ。

当初の予定では、そういう手順で戦うことになっていた。

異変が起きたのは、俺たちが戦闘の準備を整えようとしていた直後である。

「グギャアアアス！」

大きく口を開いたスカルドラゴンは耳が張り裂けるような咆哮《ほうこう》を上げる。

これはスキル攻撃の一種だろうか？

全身がピリピリと痺《しび》れて、体の動きが鈍くなっていく。

疑問に思った俺はそこでアナライズのスキルを発動してみる。

ハウリング　等級Ｂ
（自分より弱い生物をショック状態にするスキル）

なるほど。

ハウリング。そういうスキルもあるのか。

凄《すさ》まじいプレッシャーである。

熟練の冒険者ならばいざ知らず、新米の冒険者たちがこのスキルを食らっていれば即座に気絶していただろう。


「ぐご……。こ、この攻撃は……!?」


そこで更に驚くべきことが起こった。

んん?

これは一体どういうことだろう?

どういうわけか邪竜のスキル攻撃を受けたローザスは、地面の上に片膝をついて既に満身創《まんしんそう》痍《い》の状態に陥《おちい》っていたのである。

「体が……。動かない……!」

「くっ……。ここまでか……!」

他の二人についても同様である。

おそらくハウリングのスキルは、近い位置にいる人間ほど効果があるのだろうな。

そうでなければ俺より先にＡランクとＢランクの冒険者たちがショックを受けるはずないだろうし。

「ハハハハッ。やっぱりこの時代の冒険者は、雑魚《ざこ》ばかりで退屈だなぁ♪」

知らない男の声が聞こえたので、音のする方に視線を移す。

ザーク・ポトネフ
種族　鬼人族
性別　男
年齢　２３１

状況からいって、あの男が邪竜を操っていると考えて間違いないだろう。

崖《がけ》の上に立っていたのは、頭からツノを生やした魔族の男であった。

「ふふふ。まさかお前の方から会いに来てくれるとは思ってもみなかったぜ。アイザワ・ユーリ」

はて。どうしてアイツは俺の名前を知っているのだろうか。

生憎《あいにく》と俺には魔族の知り合いなんていないはずなんだけどな。

恨みを買われる理由が分からない。

もしかするとワイバーンを操り、馬車を襲ったのもコイツの仕業《しわざ》だったりするのだろうか。

「ナンバー【928】、ネロを倒したくらいで良い気になるなよ。アイツはオレたち組織の中では小物中の小物だから！」

ネロ？　どこかで聞いたことのあるような名前だな。

もしかして以前の『ゴーレム討伐《とうばつ》クエスト』で襲撃してきた男のことだろうか。

だとしたら今回の襲撃の目的は敵討《かたきう》ち、ということになるのかな。

「んじゃ、まあ。とりあえずテメェはここで死んどけや！」

魔族の男の掛け声と共に邪竜の巨体が突撃してくる。

「うおっと」


巨体の割にスカルドラゴンの動きは素早かった。

大きな爪を振り下ろしたスカルドラゴンは、俺の体を真っ二つに引き裂こうと試みる。

ガキンッ！

間一髪《かんいっぱつ》のところで攻撃を受け止めることに成功したまでは良かったのだが、判断を誤ったかもしれない。

流石はドラゴン。もの凄いパワーだ。

スカルドラゴンはその巨体を活《い》かして、俺の体を武器ごと押し潰そうとする。

うーん。

このまま押し切られるのは非常にまずいな。

何か手を打たなければ、地面と一体化してペチャンコに磨《す》り潰されてしまうかもしれない。

「付与魔法発動。《斬撃《ざんげき》強化》《耐久力強化》」

次に俺が使用したのは、剣の性能を上げるために使用した付与魔法であった。

スパンッ！

スカルドラゴンの右脚に斬線が走り、緑色の血飛沫《ちしぶき》が迸《ほとばし》る。

切れ味の増したバスターソードは、邪竜の右脚を切断することに成功したのだった。

「グギャアアアアアアアアアアアアアアア！」

刹那《せつな》、スカルドラゴンの絶叫が木霊《こだま》する。

おそらく付与魔法の発動は、邪竜からすると不意打ち以外の何物でもなかったのだろうな。

さて。

言うまでもなく、この状況はチャンスである。

俺は剣聖時代に培った高速移動術《縮地》によって、邪竜の背後に立つと二撃、三撃と連続して攻撃を繰り返す。

結果、六撃目の攻撃を加えたところでスカルドラゴンはピクリとも動かない状態になった。

「へえ。人間にしてはなかなかやるな。お前」

だがしかし。

配下の邪竜が倒されたにもかかわらず、魔族の男の余裕が崩れることはなかった。

まるで最初からこうなることを知っていたかのようであった。

「それじゃ、第二ラウンドを始めるぜ」

魔族の男がパチリと指を鳴らしたその直後。

邪竜の体が再生して、斬撃によるダメージが瞬く間のうちに回復していく。

「グギャアアアアアアアアアアアアアア！」

「うおっと」

起き上がった邪竜は何事かもなかったかのように攻撃を開始する。

先程と比べて動きが速くなっているように見えるのは、俺の体に披露が蓄積されているからなのかもしれない。


「そらよっ！」


試しに反撃をしてみるが、何度攻撃したところで結果は同じだった。

邪竜はその驚異的な再生能力によってダメージを回復させると、全快のパワーで飛び掛かってくる。

戦いが長引くほどに不利な状況に追い込まれている気がする。

体力の残っているうちは応戦できたが、次第に攻撃を受け流すことが難しくなっているのが分かった。


「キヒャヒャヒャ！　これで終わりだ！」

魔族の男も俺が弱っていることを見抜いていたのだろう。

男の命令を受けたスカルドラゴンは大きく前脚を上げて、止《とど》めの攻撃を試みる。

ん。待てよ。

少し思い出したかもしれない。

そういえば前世の剣聖時代の俺も、この手の再生能力持ちの相手に苦戦を強《し》いられたことがあった気がする。

こういう系統のモンスターに有効な攻撃手段があったはずである。


「究極回復《エクスヒール》」


そこで俺が使用したのは聖属性魔法（上級）に位置する《究極回復《エクスヒール》》であった。

回復魔法の中でも取り分け効果が高いと言われている《究極回復《エクスヒール》》は、死に至るようなダメージ以外は瞬時に直してしまう優れものであった。

俺が魔法を使ったその直後。

周囲を覆《おお》うような強烈な光がスカルドラゴンを照らす。

「グギャアアアアアアアアアアアアアアス！」

どうやら効果てきめんだったみたいだな。
こういう再生能力を持ったアンデッド系のモンスターにとって回復魔法は、致命傷のダメージになるらしい。
前世の記憶がそう言っている。
断末魔《だんまつま》の悲鳴を上げたスカルドラゴンは、骨と皮だけを残して消滅することになる。

「何!?　聖属性魔法だと!?」

この驚き方、もしかすると聖属性の魔法は、魔族にとっても珍しいものだったりするのだろうか。
何はともあれ邪竜が消滅した以上、残すところの倒すべき敵は魔族だけになった。

「チッ。覚えていろよ。この借りは、いつか必ず……」

メテオワイバーン　等級Ｂ　状態テイミング

魔族の男が捨て台詞《ぜりふ》を吐いた次の瞬間。

どこからともなく出現したメテオワイバーンが魔族の体を摑《つか》んで、遥《はる》か上空に運んでいく。

なるほど。

魔物を使って空に逃げるつもりなのか。

「いや。今すぐに忘れて良いぞ」

俺からすれば背を向けて逃げる敵に止めを刺すことほど簡単なことはない。

敵が上空に逃げてくれるなら、周囲の被害を気にせずに高威力の魔法を使うことができるからな。

「煉獄《インフェルノ》」

そこで俺が使用したのは、火属性（超級）に位置する煉獄《インフェルノ》であった。

何も考えずに使うと、正面五〇〇メートルの距離を無差別に焼け野原にしてしまう煉獄《インフェルノ》であるが、敵が上空にいる場合は話が別である。

「なにイイイイイイイイイィィィ!?」

魔族の男からすると俺が超級レベルの火属性魔法を習得していたのは、完全に予想外のことだったのだろうな。

「グギャアアア!?」

炎の渦《うず》に巻き込まれた魔族の男は、断末魔を残して空気の中に消えていく。
それにしても何者だったんだろうな。あの男は。
消し炭となった魔族の男の最期を見届けながら、俺はそんなことを思うのであった。

～～～～～～～～～～～～～～～～～


それからのことを話そうと思う。

無事に邪竜を倒した俺は、気絶状態にあったパーティーメンバーが起きるのを待って、事のあらましを説明することにした。

「た、倒しただと!?　キミが一人で!?」

俺の説明を受けて、最初に驚きの声を上げたのはローザスであった。

「信じられん……。オレの見たてによると、あの邪竜は単なるA級モンスターではない。Sランク級の力があったはずだぞ……!?」

そんなに強いやつだったのか。

たしかに俺が倒すことができたのは偶然、聖属性魔法を覚えていたおかげだからな。

普通に勝負していたら一〇〇パーセント負けていた相手だったのかもしれない。

「なあ。ところでコレはどうやって分ければ良いんだ？」

そこで俺が取り出したのは、スカルドラゴンを倒した時にドロップした魔石であった。

闇の魔石（特大）　等級A
（闇の力を秘めた特大の魔石）

無属性魔法（中級）に位置する《異空間収縮魔法》を使用すれば、いつでも好きなタイミングでアイテムを取り出すことが可能であった。

「なっ!?」「えっ!?」「はいっ!?」

今度はローザス、クロエ、アイシャの三人が同時に驚きの声を上げる。

「もしかしてコレ、魔石なの!?」

「驚いたな。これほど上質な魔石は見たことがないぞ……」

クロエとアイシャが興奮した口調でマジマジと魔石を観察している。

どうやら邪竜がドロップした魔石は、本格的に珍しいものだったらしい。

「残念ながらオレたちにそれを受け取る資格はない……。この魔石はユーリくん。キミが持っているべきものだろう」

「……良かったのか？」

「ああ。だが、くれぐれも扱いには注意してくれよ。この魔石は使い方次第では、一国間のパワーバランスすらも壊しかねないものだからな……」

その点については問題ないな。

特に止められなければ、この魔石は普通に今まで通りにライムの餌《えさ》にする予定だったからな。

Ａランクの魔石を与えることで、ライムにどんな変化があるのか今から楽しみである。

第1話

第1話

史上最強の
魔法剣士、Fランク冒険者に転生する
剣聖と魔帝、2つの前世を持った男の英雄譚

最強っていうのは退屈だ
この…化物…め…
ハハッ……

化物ねぇ……

答えろ
ここに…来た
目的はなんだ？
何故我らの
同胞を
手にかける
別に何も…

特に理由はないんだが…
貴様ああああああああああ!!
ドドドド
悲しいなー

もしかしたら
邪神であるアンタなら
俺の気持ちを
わかってくれると
思ったんだ
圧倒的な力というのは
特に底しれない孤独を
生み出すものだ
邪神と呼ばれ
人々から恐れられる
アンタなら
「化物」と呼ばれ
遠ざけられる俺と
分かり合えると
思ってたのにな
!?
くたばれ!
化物があああああ!
来世で
会おうぜ
相棒

ズバッ

グギャアアアア
アアァァァァァ！
多分これが俺の
最後の戦いに
なるだろう
あ…か…っ
スタッ

ゴ
転生の魔石
等級SSS
ト
長かった――
カシャ
これで俺に首輪をつけて飼い慣らしてた連中たちから――
解放されるのだな
ポワン

こうして俺は
遥か未来の世界に
転生を遂げるのだった

夢だ
夢を見ていた
俺の名前は
相沢《あいざわ》悠里《ゆうり》
こう見えて
日本という国で生まれ育った
サラリーマンであった
タッ
タッ
タッ
ガッ
あ!!
そんな俺が
異世界に転生を
遂げたのは
30代の頃だったと
記憶している

1度目の人生

初めてのファンタジー世界で
魔法が使えることを知った時は
そりゃテンションが上がった
とにかく魔法が
使えることが
嬉しかった
そしてたくさん、
魔法の修行をした

気付くと俺は周囲から
『魔帝』と
呼ばれるようになっていた
2度目の人生
魔法の扱いを極めた俺は
今度は
剣術を極めてみることにした
最強の剣士となった俺は
邪神と呼ばれるモンスターを
討伐できるまでに成長していた

気付くと俺は周囲から
『剣聖』と
呼ばれるようになっていた
だが
こういうことを
いうと人生が充実
しているように
聞こえるかも
しれないが
実のところ
全くそんなことは
ない

グギャアアアアアアアア
来る日も来る日も
他人のために戦うばかり…
ザ
ッ
楽しいことなんて
一つもなかった
挙げ句の果て
周囲からは…
化物…

だから俺は
次の人生は100%自分のためだけに
生きてみようと
決意していたのである
ここは
どこだ?
暗い
真っ暗だ
?
ゴッ
ボゴッ

ん…

…何処だここは？
そう言えばオレは誰だ？
なんでここで眠っていたんだ？
いまいち思い出せない
！
そうか…思い出した

戦いばかりの人生に疲れて「転生の魔石」を使ったんだ…
さて無事に転生したのはいいが
ポッツン
…
どうしたものか…
建物のようだが今は廃墟だな
何者だ貴様ぁ！

ゴブリンロード
等級B
でかい…2メートルはあるぞ…
ゴブリンエリート等級D
ゴブリン等級E
おいおいちょっと待て
この廃墟──
ゾロ
ゾロ

ゴブリンの根城なのか!?
…っ!
忌々しい侵入者が！
我の城に入ってくるとはいい度胸ではないか

いや
悪気はないって…
こっちだって
気がついたら
この下にいたんだ
ふんっ
もしかして
我等と戦う気か？
そんな丸腰の
状態で一体
何ができる？
ふむ…
武器か…
武器…
そうか――

少し思い出した
確か前世のオレは
「剣聖」と呼ばれ
様々な武器を駆使して
戦っていた…
！
いい所に
いいものが落ちてる
じゃないか
!?

これは…！
【スキル：剣術（初級）を獲得しました】
【スキル：剣術（中級）を獲得しました】
【スキル：剣術（上級）を獲得しました】
武器を手にした事で
前世の記憶の一部が戻ったのだろうか？
かかれ！
！

コミカライズ
大好評連載中!!
漫画でもユーリが
異世界無双!!
続きはコミックスで!!

あとがき

柑橘《かんきつ》ゆすらです。

『魔法剣士』２巻、如何《いかが》でしたでしょうか。

１巻に引き続き、ストレスフリーでサクサク進行の物語を心掛けております。

前巻のあとがきにも書いた『お色気シーンに頼らない』という目標も無事に継続することができました（笑）。

２巻連続でお色気シーンをゼロにできたシリーズは、おそらく私史上初めてとなっております。

この調子で３巻も引き続き、健全な内容を目指していきたいです。

さて。

今回は担当編集さんから『あとがきは気持ち長めでお願いします』と頼まれているので、本作の主人公、ユーリについて少し語っていこうと思います。

ラノベ作家としてデビューしてから8年目にもなる私ですが、ユーリは過去に書いたことのないタイプの主人公となっています。

一言で言ってユーリは、何を考えているのか、よく分からないやつです（笑）。

ユーリは、どんな時でも深く悩んだりしません。

何が起きても、目の前の問題を淡々と処理できる怪物メンタルを持った主人公です。

一般的な物語の主人公は、何か問題が起きた時、悩んで、成長して、乗り越える、というプロセスを踏んでいくわけですが、ユーリに関しては、様々なプロセスをすっ飛ばしていきます。

作者ですらも「おいおい」「コ、コイツ……」とユーリの非常識さにツッコミを入れつつ書いている感じです（笑）。

どちらかというと主人公というより、敵サイドに相応《ふさわ》しい精神構造の持ち主だな、と思いながら書いていたりしますね。


（コミックの宣伝）

本小説の発売日が２０２０年の4月23日なのですが、同月17日にコミック版の第2巻が発売されました。

作画を務めてくれるのは、新人マンガ家さんの亀山大河《かめやまたいが》さんです。

とにかく新人離れした画力が魅力のマンガ家さんです。

こういうのは口で説明してもらうよりも実際に見てもらった方が早いだろう、と思うので、巻末にコミック1話の冒頭部分を収録して頂くことになりました。

私の作品史上、初めての試みで、業界的にも珍しい気がします。

小説なのにマンガを載せる、という冒瀆《ぼうとく》的な挑戦です（笑）。

こちらニコニコ漫画『水曜日はまったりダッシュエックスコミック』及びマンガアプリ『ヤンジャン！』にて連載中となっています。

気になる方は是非是非《ぜひぜひ》、チェックをしてみてください。

（他作品の宣伝）

ダッシュエックス文庫では『劣等眼の転生魔術師』という別シリーズを連載しております。

こちら小説1～4・5巻までの売上でシリーズ累計40万部突破という快挙を成し遂《と》げることができまして、『魔法剣士』と並んで、私の代表作と呼べる存在になっております。

巻末には広告も付けて頂きましたので、気になる方はこちらもチェックしてみてください。

それでは。

次巻で再び皆様と出会えることを祈りつつ――。

柑橘ゆすら

最強
The strongest
×
The reincarnation
転生
最強の魔術師が、異世界で無双する!!
超規格外学園魔術ファンタジー!!
劣等眼の転生魔術師
～虐げられた元勇者は未来の世界を余裕で生き抜く～
柑橘ゆすら
illustration
ミユキルリア
The reincarnation
magician of
the inferior eyes.

STORY

生まれ持った眼の色によって能力が決められる世界で、圧倒的な力を持った天才魔術師がいた。

男の名前はアベル。強力すぎる能力ゆえ、仲間たちにすらうとまれたアベルは、理想の世界を求めて、遥か未来に魂を転生させる。

しかし、未来の世界では何故かアベルの持つ至高の目が『劣等眼』と呼ばれ、バカにされるようになっていた！　ボンボン貴族に絡まれ、謂れのない差別を受けるアベル。だが、文明の発達により魔術師の能力が著しく衰えた未来の世界では、アベルの持つ『琥珀眼』は人間の理解を超える超規格外の力を秘めていた！

過去からやってきた最強の英雄は、自由気ままに未来の魔術師たちの常識をぶち壊していく！

コミカライズ第①巻
発売即重版!!
絶好調発売中♪
いいのか?
!?
でかい……リア以上にあるんじゃないか!?
やっと抜け出せましたわ…!
私はリア
エルフ族のリアと申します
んっ
原作小説①～④巻　大好評発売中！
著：柑橘ゆすら
イラスト：夜ノみつき
最強の種族が人間だった件
柑橘ゆすら
最強の種族が人間だった件
柑橘ゆすら
最強の種族が人間だった件
柑橘ゆすら
最強の種族が人間だった件
柑橘ゆすら

最《さい》強《きょう》の種《しゅ》族《ぞく》が
人間
だった件
原作：柑橘ゆすら
漫画：音乃夏
コンテ：猫箱ようたろ
キャラクター原案：夜ノみつき
ヤングジャンプコミックス
エルフ？ドワーフ？
いいえ、人間こそが最強でした！
ある日突然、剣と魔法の異世界に召喚された平凡な青年、雨崎葉司。
転生した先では、なぜかエルフの美少女・リアに「人間さま」と超崇拝を受けることに……！
なんとこの異世界では、「人間こそ最古にして最強の種族」だったのだ!!
葉司の規格外の力を巡って争いが起きるのを避けるため、リアと共に安住の地を築くことになったのだが——!?
なんでもありの無敵の人間パワーで、ストレスフリーの異世界ライフが
今始まる!!
今すぐアクセス！
コミックス①～④巻大好評発売中！

YJC ダッシュエックスコミックス
4月刊 大好評発売中!!
DASH X COMIC INFORMATION
史上最強の魔法剣士、Fランク冒険者に転生する 2
～剣聖と魔帝、2つの前世を持った男の英雄譚～
原作／柑橘ゆすら
漫画／亀山大河
デザイン協力／青乃 下
剣も魔法も極めて最強!
異世界無双第2弾
《魔帝》や《剣聖》と呼ばれるほど強い力を持った
ユーリが、Fランクの駆け出し冒険者として未来に転生!?
転生前の強大な力で格上の冒険者を圧倒し、
ギルドクエストに参戦する!
転生した善人が超報われるサクセスファンタジー!
善人おっさん、生まれ変わったらSSSランク人生が確定した2
原作／三木なずな　漫画／ゆづましろ
キャラクター原案／伍長
家ごと異世界に召喚されて、最強魔力でまったりスローライフ!
俺の家が魔力スポットだった件6
～住んでいるだけで世界最強～
原作／あまうい白一　漫画／chippi　コンテ／おおみね
キャラクター原案／鍋島テツヒロ
最強引退冒険者の新人育成+αな宿屋ライフストーリー!
セーブ&ロードのできる宿屋さん3
～カンスト転生者が宿屋で新人育成を始めたようです～
原作／稲荷竜　漫画／竹内じゅんや　キャラクター原案／加藤いつわ
自由すぎる最強の元勇者が2周目ライフを欲望のままに満喫♥
自重しない元勇者の強くて楽しいニューゲーム9
原作／新木伸　漫画／ていやん　キャラクター原案／卵の黄身
水曜日はまったり ダッシュエックスコミック
ニコニコ漫画にて大好評配信中!!!!
水曜日はまったりダッシュエックスコミック で検索!

ダッシュエックス文庫

史上最強の魔法剣士、Fランク冒険者に転生する2
～剣聖と魔帝、2つの前世を持った男の英雄譚～

柑橘ゆすら

2020年4月28日　第1刷発行

★定価はカバーに表示してあります

発行者　北畠輝幸
発行所　株式会社　集英社
〒101−8050　東京都千代田区一ツ橋2−5−10
03(3230)6229(編集)
03(3230)6393(販売／書店専用) 03(3230)6080(読者係)
印刷所　凸版印刷株式会社

ISBN978-4-08-631362-9 C0193